분지

도서출판 아시아에서는 《바이링궐 에디션 한국 현대 소설》을 기획하여 한국의 우수한 문학을 주제별로 엄선해 국내외 독자들에게 소개합니다. 이 기획은 국내외 우수한 번역가들이 참여하여 원작의 품격을 최대한 살렸습니다. 문학을 통해 아시아의 정체성과 가치를 살피는 데 주력해 온 도서출판 아시아는 한국인의 삶을 넓고 깊게 이해하는 데 이 기획이 기여하기를 기대합니다.

Asia Publishers present some of the very best modern Korean literature to readers worldwide through its new Korean literature series 〈Bi-lingual Edition Modern Korean Literature〉. We are proud and happy to offer it in the most authoritative translation by renowned translators of Korean literature. We hope that this series helps to build solid bridges between citizens of the world and Koreans through rich in-depth understanding of Korea.

바이링궐 에디션 한국 현대 소설 028

Bi-lingual Edition Modern Korean Literature 028

# Land of Excrement

# 남정현
## 분지

# Nam Jung-hyun

ASIA
PUBLISHERS

Contents

# 분지

## Land of Excrement

어머니.

제발 몸을 좀 그렇게 떨지 마십시오. 미관상 과히 좋아
보이질 않습니다. 뭐, 제가 지금 죽을 것 같아서 그러신다
구요. 참, 걱정도 팔자시군요. 적어도 홍길동(洪吉童)의 제
10대손이며 동시에 단군의 후손인 나 만수(萬壽)란 녀석
이 아무럼 요만한 정도의 일을 가지고 그렇게 쉽사리 숨
을 못 쉬게 될 것 같습니까. 염려하지 마십시오. 누가 보
면 웃습니다. 저는 설령 이보다 더한 결정적인 궁지에 몰
리는 한이 있더라도 당신처럼 그렇게 용이하게 미치거나
죽어 없어질 시시한 종자라고는 생각하지 않습니다.

믿어주십시오.

Mother.

Please don't tremble so much. You don't look good like that. Oh, you mean you're worried because I'm about to die? Gees, you're such a worrywart. I, Mansu, am a third-generation descendant of Hong Gil-dong,[1] let alone a descendant of Dangun.[2] Do you think I'm going to stop breathing because of such a trivial thing? Stop worrying. People would laugh if they saw you. I don't think I'll go crazy or die as easily as you did even if I was trapped in a worse situation than this. I just don't come from such stock.

Believe me.

그렇다고 저는 물론, 제 목숨이 처한 지금의 이 절망스러운 판국을 조금이나마 부인하거나 변호하자는 것이 아닙니다. 좀 속되게 말하자면 풍전등화 격이라고나 할까요. 저를 포위하고 있는 객관적인 정세로 미루어 보아서 말입니다. 제아무리 미련한 놈의 소견으로 보아도 제 목숨이 지금 이 마당에서 신의 부축이 없이 인간만의 힘으로 어떻게 살아나리라곤 감히 생각할 수가 없겠지요. 천하가 소상하게 알다시피 저는 지금 독 안에 든 쥐니깐요. 어디 원 눈곱만한 면적이나마 빠져나갈 구멍이 있어 보입니까. 자, 보십시오. 저를 상대로 한 저 삼엄한 무장과 경비를, 저의 이 주먹만한 심장 하나를 꿰뚫기 위하여 정성껏 마련해 놓은 저들의 저 엄청난 군비의 숫자를 말입니다. 지금 제가 숨어 있는 이 향미산(向美山)의 둘레에는 무려 일만여를 헤아리는 각종 포문과 미사일, 그리고 전 미군 중에서도 가장 민첩하고 정확한 기동력을 자랑하는 미제 엑스 사단의 그 늠름한 장병들이 신이라도 나포할 기세로 저를 향하여 영롱하게 눈동자를 빛내고 있는 것입니다.

방금 입수한 '펜타곤' 당국의 공식 발표에 의하면 이 땅위에서 만수란 이름의 육체와 또는 그의 혼백까지를 완전히 소탕하기 위해서 뿌려진 금액이 물경 이삼억 불에 달

Of course I'm not denying or trying to deny that I'm in a desperate situation right now. And I'm not trying to justify my situation—not at all. My life hangs by a thread, so to speak. That's the reality I'm trapped in. Nobody, however stupid, can possibly think I can survive my current plight only by human will and without divine intervention. As everybody knows very well, I'm in a very tight spot. Can you find even a tiny hole through which I can wiggle out? Come, look! Look at that heavy weaponry, those solemn guards, all the colossal firepower they've carefully assembled to pierce this fist-sized heart of mine! Around Mt. Hyangmi where I'm hiding now there are no less than ten thousand muzzles and missiles and brave officers and men of the Xth division of the U.S. Army, which boasts of having the most agile, precise, and mobile of all American troops, flashing their eyes towards me with an overwhelming force capable of capturing even a god.[3]

According to an official, up-to-the-minute report by Pentagon authorities, the money expended on completely eradicating the body named Mansu and his soul from this earth amounts to two or three hundred million dollars, a sum that could frighten

한다고 하니 이거 정말 죽은 사람들이 기겁을 할 노릇이지요. 이삼억 불이면 뭐 집 한 채 값이나 되느냐구요. 당신도 참, 왜 그렇게 한심스러운 말씀을 하십니까.

물론 죽는 날까지 불과 몇 식구가 머물 집 한 채를 장만하지 못하여 잠결에도 노상 집, 집 하면서 고함을 치시던 당신의 계산으론 사실 집 한 채 값이란 하늘의 별만치나 헤아리지 못할 막대한 숫자가 되어주겠지요. 하지만 어머니. 당신에겐 좀 과격한 말씀이긴 합니다만 솔직하게 말해서 이삼억 불이면 집 한 채 값이 훨씬 넘습니다. 뿐더러 그것은 대한민국의 일 년 예산에 해당하는 금액이라면 당신은 어떡하시겠습니까. 뭐, 현기증이 나신다구요. 그러시겠지요. 금빛으로 황홀하게 단장한 트레이드마크 유에스에이, 향미산 기슭을 첩첩하게 메운 달러의 부피 유에스에이. 그 거대한 미국의 눈부신 표정 앞에서 제정신을 수습하기란 사실 그 누구에게 있어서나 참으로 어려운 작업이니깐요. 좀 현기증이 나신다고 해서 그것이 무슨 그렇게 우려할 만한 병적인 증상이라고는 볼 수가 없습니다. 아니, 설혹, 그것이 병적인 증상이라고 하더라도 당신은 이미 저승에 가신 몸. 사람이 나서 두 번 죽을 리는 없지 않습니까. 안심하십시오. 그리하여 제가 지금 관심을

even the dead out of their wits. Are you asking if two or three hundred million dollars can even buy a house? Mother, how could you be so silly?

Of course, to someone like you, who couldn't buy a house for your small family to the day you died, and who used to yell "house, house" even in your dreams, the price of a house would be an immense and incalculable number like the number of stars in the sky. But, Mother, although this may sound a bit extreme to you, two or three hundred million dollars is, to speak frankly, much more than a house costs. Not only that, it's actually equal to the annual budget of the Republic of Korea. What did you say? So, you feel dizzy? Why wouldn't you? The USA, a trademark spellbindingly decorated with gold; the USA, the volume of its dollars filling up the valleys of Mt. Hyangmi in piles and piles—before such a dazzling display of that enormous USA it is truly quite difficult for anyone to maintain her presence of mind. Even if you feel a little dizzy, it can't be considered a very serious symptom. And hey, even if it *is*, you're already in the other world. A human being doesn't die twice, so please don't worry. Therefore, it's not with your health, Mother, that I'm concerned—you've already gone over to the other

가지고 있는 문제는 이미 저승으로 행차하신 당신의 건강에 관해서가 아니라 아직도 이 땅 위에 남아서 전전긍긍하는 제 동료들의 이 구차스러운 목숨에 관해서인 것입니다.

자, 보십시오, 왜 당신의 눈에는 잘 보이질 않습니까. 뭐라구요. 눈이 썩어서 아주 엉망이 되셨다구요. 하, 참 딱도 하십니다. 당신은 왜 그렇게 저승에 가서서까지 융통성이 없으신가요. 이용하십시오. 썩어 없어지는 육체의 눈이 아니라 영원히 남아서 초롱초롱 빛나는 당신의 그 아리따운 영혼의 눈동자를 말입니다. 주저하지 말고 어서 이용하여 보십시오. 육체의 눈에 의존하는 것보다 더욱 선명하게 잘 보여 올 것입니다. 자, 그럼 한번 휘둘러보십시오. 지금 이 향미산을 중심으로 하여 직경 수천 마일 이내에서 벌어지고 있는 주민들의 이 어이없는 상태를 말입니다. 그들은 지금 오랫동안 정을 나눈 일체의 친지며 가산(家産)과 석별의 눈물을 흘리고 지층 깊은 곳에 몸을 처박고는 부들부들 떨고 있는 것입니다. 도대체 두더지도 아닌 인간의 체면에 저게 무슨 꼴이란 말씀입니까. 하지만 그들은 백의민족 특유의 인내력을 최대한으로 발휘하여 신의 어깨에라도 매달리는 심정으로 펜타곤 당국이 수시로 발송하는 지시서에 순종하여야만 겨우 목숨을 건질

world—but with the poor lives of my fellow human beings who still remain on this earth in fear and trembling.

Come, look! Why, can't you see? What? Your eyes are completely rotten and ruined? Well, that's a pity. Why are you so stupidly tactless even in the other world? Please take advantage not of your physical eyes that rot and disappear, but of the beautiful spiritual pupils that will remain alive forever and sparkle. Please don't hesitate. Go ahead and use them! You'll see much more clearly than when you relied on your physical eyes. Now, please look around. Notice the absurd situation of the residents of this area several thousand miles in diameter around Mt. Hyangmi. They are now shut away in the depths of the earth, shedding farewell tears to all their long-loved and cherished family members, relatives, and possessions while trembling in fear. What a shame! They're human beings, not moles. But I guess they have no choice but to instantly obey the orders issued by Pentagon authorities, as I hear that's the only way for them to survive. They're enduring this hardship with the kind of persistence characteristic of "the white-clad race" as if hanging onto the shoulders of God.[4] Why? Can't you hear it?

수가 있다니 할 수 없는 일이겠지요. 왜 당신의 귀에는 들려오지 않습니까. 다이얼을 알링턴발 0.038 메가사이클에 맞추고 조용히 귀를 기울여 보십시오.

"어디까지나 성조기의 편에 서서 미국의 번영과 그리고 인류의 자유를 확장시키는 작업에 뜻을 같이한 자유세계의 시민 여러분, 안녕하십니까. 이미 누차 반복하여 말씀드린 바와 같이 여러분들의 귀중한 생명과 재산과 그리고 자유와 안전에 관한 사항을 담당하고 있는 본 펜타곤 당국은 최근에 극동의 일각인 코리아의 한 조그마한 산등성이 밑에서 벌어진 그 우려할 만한 사태에 접하고 놀라움과 동시에 격한 분노의 감정을 금할 수가 없었던 것입니다. 하지만 전 세계의 자유민 여러분! 이제 안심하십시오. 여러분을 대신하여 본 당국은 바야흐로 역사적인 사명감에 불타고 있습니다. 도대체 그 이름부터가 사람 같지 않은 홍만수란 자가 저지른 그 치욕적인 사건은 분명히 미국을 위시한 자유민 전체의 평화와 안전에 대한 범죄적인 중대한 도전 행위로 보고 본 당국은 즉각 사태 수습에 발 벗고 나선 것입니다. 축복하여 주십시오. 이제 머지않아 홍만수란 인간은, 아니 인간이 다 무엇입니까, 그는 분명히 오물입니다. 신이 잘못 점지하여 이 세상에 흘린 오물.

Please turn the dial to 0.038 megacycles coming from Arilington, VA and listen quietly.

"Hello, dear citizens of the free world, you who stand with the Star-Spangled Banner and work to expand American prosperity and the freedom of all humanity! As repeatedly announced, Pentagon authorities could not help being alarmed and fiercely angry in the face of a worrisome incident that recently occurred below a tiny mountain ridge in Korea, a small corner of the Far East. However, citizens of the free world! Please be assured. On behalf of you, we, the authorities, are fired up with a sense of historical mission. Considering the shameful incident committed by the jerk named Hong Mansu— what an inhuman name!—a criminal act and grave challenge to the peace and safety of all people of the free world including America, we, the authorities, immediately plunged into rectifying the situation. Please bless us. Before long, that man named Hong Mansu... No, how could we even call him a human being? He is dirt, certainly dirt, mistakenly blessed by God, dirt He happened to drop onto this world. If he weren't dirt that the devil threw up, how could he dare to trample an American soldier, the purity of the wife of a soldier who's defending

17

그가 만약에 악마가 토해낸 오물이 아닌 담에야 감히 어떻게 성조기의 산하에서 자유를 수호하는 미국의 병사를, 그의 아내의 순결을 짓밟을 수가 있었겠습니까. 전 세계의 자유민은 지금 분노의 불길을 감추지 못하고 있는 것입니다. 미 병사의 한 가정을 파괴하려는 그따위 작업에 종사하는 인종은 전 인류의 생존을 위태롭게 하는 악의 씨라는 사실에 의견이 일치했기 때문입니다. 여러분, 이제 마음의 안정은 얻으시고 박수를 보내주십시오. 자유세계의 열렬한 성원을 토대로 하여 일억 칠천여만 미국인의 납세로써 운영이 되는 본 펜타곤 당국은 이제 머지않아 홍만수란 이름의 그 징그러운 오물을 이 지구상에서 완전히 쓸어버릴 것입니다. 자유민의 안전과 번영을 옹호하는 이 역사적인 과업을 성취하기 위하여 본 당국은 수억 불이라는 이 어마어마한 지출을 무릅쓰고, 일벌백계주의에 입각하여 홍만수는 물론, 그의 목숨을 며칠이나마 돌보아준 향미산 전체의 부피를 완전히 폭발시킬 계획인 것입니다. 자, 여러분, 앞으로 남은 시간 이십 분. 향미산 기슭의 주민들은 더욱 땅 속 깊이 몸을 묻으십시오. 그리고 고개를 숙이십시오. 명령입니다."

그렇습니다. 어머니, 앞으로 남은 시간 이십 분. 이제

freedom under the Star-Spangled Banner? Free people of the world cannot extinguish the fire of their anger right now. All agree that this race, one member of which engaged in such a despicable act as the destruction of an American soldier's family, is an evil seed that threatens the survival of humanity. Ladies and gentlemen, now please stay calm and applaud us. We, the authorities of the Pentagon, supported by taxes collected from one hundred seventy million Americans and with the enthusiastic support of the free world will completely sweep away from this earth the grotesque dirt named Hong Mansu. In order to accomplish this historical task of defending the security and prosperity of free people, we, the authorities, are planning to explode the entire bulk of Mt. Hyangmi that has been sustaining his life for these last few days, let alone Hong Mansu himself. This costs an enormous amount, but we have to act upon the principle of exemplary punishment. Ladies and gentlemen, there's only twenty minutes left. Residents of the village nestling under Mt. Hyangmi, please bury yourselves more deeply under the earth. And please bow down. This is an order."

That's right, Mother. There's only twenty minutes

불과 이십 분 후면 말 그대로 지축이 흔들릴 것입니다. 우주가 동요하는 요란한 폭음과 함께 현란한 섬광은 하늘을 덮을 것입니다. 풍비박산하는 향미산의 종말. 그러면 끝나는 것이겠지요. 소위 그들의 성스러운 사명이 말입니다. 조상의 해골과 문화재와 그리고 이 향미산을 발판으로 하여 목숨을 유지하던 일체의 생물은 그 흔적도 없이 조용히 사라져 주겠지요. 폐허와 침묵과, 어머니, 왜 진저리를 치십니까. 당신이 진저리를 치시는 동안, 펜타곤 당국에서는 그들의 성공을 자축하는 찬란한 축제가 벌어질 것입니다. 여인과 술과 그리고 터지는 불꽃 속에 춤은, 리듬은 전 미주를 감미롭게 덮으면서 저의 죽음을 찬미할 것입니다. 하지만 어머니, 저는 왜 그런지 조금도 떨리지 않는군요. 그렇다고 제가 지금 미국의 그 크나큰 힘과 약속을 신용하지 않는 것이 아닙니다. 하루에도 몇 갑씩이나 미국제 껌을 질겅질겅 씹어야만 직성이 풀리는 저의 형편에 원 그럴 리가 있겠습니까.

믿습니다.

수목과 바위와 야수와 그리고 인디언만의 복지였던 구백여만 평방킬로미터의 그 광막한 토지를 개간하여 인간의 천국을 이루었다는 소위 그 아메리칸의 초인적인 투지

20

to go. After those twenty minutes, the Earth's axis will literally shake. Along with a loud explosion, a brilliant flash of light will fill the entire sky. Fragments of Mt. Hyangmi will scatter in all directions and that will be the end of it, i.e. of their so-called sacred mission. Skeletons of our ancestors, national treasures, and all living beings that have been subsisting on Mt. Hyangmi will quietly disappear without a trace. Ruins and silences, Mother, why are you shuddering? While you're shuddering, there will be a resplendent celebration of their success at the Pentagon. Amidst women, wine, and fireworks, dances and songs will praise my death, sweetly covering the entire American continent. Yet, Mother, I don't know why, but I'm not afraid at all. It's not because I don't believe in the great power and promise of America. How could I not, when I can't live without chewing several packets of American gum a day?

I do believe.

I thoroughly believe in the so-called superhuman fighting spirit, zeal, and resourcefulness of the Americans who are known to have reclaimed that vast territory, some nine million square kilometers of paradise that once belonged only to Indians, and

와 열의와 지모를 철저하게 믿는단 말씀입니다. 그렇다고 저까지 뭐 떨어야 하나요. 물론 전 세계에 천명한 그들의 약속대로 불과 이십 분 후면 저의 육체는 먼지가 되어 바람 속에 흩날릴 테지요. 하지만 저는 과히 겁나지 않는다구요. 그렇다고 제가 뭐 죽나요.

어머니.

정말 제가 지금 요만한 정도의 정세에 눌리어 온몸이 편편이 부서질 것 같습니까. 걱정하지 마십시오. 너 이놈, 뭣을 믿고 그렇게 삥삥거리느냐구요. 당신도 참 점잖지 못하게 삥삥이 다 무엇인가요. 삥삥이란 차륜의 경적을 본딴 아이들의 낱말인 것입니다. 저승에 가시더니 섭섭하게도 말까지 그렇게 퇴화하시는군요. 자식 된 도리로서 듣기에 참으로 민망스럽습니다. 저는 정말 아이들의 말처럼 아무런 보증이 없이 멋대로 삥삥거리는 것이 아니라, 어디까지나 그럴 만한 충분한 이유와 증거를 바탕으로 하여 자신 있게 여쭙는 것입니다.

어머니.

오해하지 마시고 한번 냉정한 입장에서 저의 형편을 좀 살펴봐 주십시오. 당신 생각엔 이 세상에 사나이로 태어난 만수란 녀석이 정말 이대로 한 번 피워 보질 못하고 속

to have created paradise on earth. Nevertheless, why should I tremble in fear? Of course, as they declared to the entire world, my body will become dust and this dust will be blowing in the wind in twenty minutes. But I'm not that scared. Will I really die because of that?

Mother.

Do you really think my body will be broken into pieces just because of the weight of the current situation? Don't worry. "You, rascal, what's there to support your tooting like that?" are you asking? Mother, it's not like you to say, "tooting." That's a children's word imitating the honking of an automobile. After you went over to the other world, sadly even your vocabulary must have regressed. As your child, it's really embarrassing to hear. I'm not randomly "tooting" like a child for no reason, but making a confident statement, based on reasons and evidence that fully support my words.

Mother.

Don't misunderstand me and please calmly consider my situation. Do you think this Mansu, born a man in this world, should die in vain without ever blossoming?

Think about my dismal and filthy past in which I,

절없이 죽어야만 할 것 같습니까.

정말 오물처럼 한 번도 제 것을 가지고 세계를 향하여 서본 적이 없이 이방인들이 흘린 오줌과 똥물만을 주식으로 하여 어떻게 우화처럼 우습게만 살아온 것 같은 저의 이 칙칙하고 누추한 과거를 돌아볼 때에 말입니다. 제가 이대로 아무런 말이 없이 눈을 감는다고 한번 생각하여 보십시오. 결과가 얼마나 무섭겠는가를, 그러면 누구보다 먼저 하나님께서 저를 용서치 않을 것입니다. 인륜이며 천륜이며 다 떠들어 보아도 한 인간이 그렇게 시시하게 죽는 법은 없다고 하나님은 저를 향하여 격노할 것입니다. 뿐더러 저의 10대조인 홍길동 각하를 차후에 제가 무슨 면목으로 알현하겠습니까. 그리하여 저는 지금 인간으로서의 자격을 인정받으며 떳떳하게 한번 살아보지 않고는 도저히 죽을 수가 없는 딱한 형편에 놓여 있는 것입니다.

탓으로 핵무기의 세례가 아닌 '노아'의 홍수가 다시 한 번 지상을 휩쓸더라도 그 노아의 방주엔 제가 제일 먼저 타야 할 사람이라고 자부하는 것입니다.

안 그렇습니까, 어머니.

이제 곧 저의 육체가 이 향미산과 더불어 폭발하더라도 흩어진 저의 육편(肉片)은 조용히 제자리에 돌아와 줄 것

really like dirt, have lived a ridiculous fable of a life, subsisting mainly on the urine and shit dropped by foreigners without ever standing tall in the world with my own possessions. Only suppose I silently close my eyes like this. How scary the consequences would be! If that were the case, God above all would not forgive me. God would be extremely furious at me and would say that a human being must not die in such a silly way whether we refer to either moral principles or Natural Law. Moreover, how could I ever face His Honor Hong Gil-dong, my tenth-generation ancestor? In other words, I'm now in a sorry situation in which I can't die without ever having been recognized as a human being and having lived a respectable life.

Therefore, I'm proud to say that I'm the first person who should be on board Noah's Ark if the "Deluge of Noah," let alone a shower of nuclear bombs, sweeps the earth once again.

Wouldn't you agree, Mother?

I believe that even if my body explodes together with this Mt. Hyangmi, scattered pieces of it would quietly return to their original positions. Just wait and see, Mother. I'm not lying.

My heart is now fluttering in anticipation of finally

이라고 저는 믿는 것입니다. 두고 보십시오 어머니, 거짓말이 아닙니다.

활빈당의 수령으로서 호풍환우(呼風喚雨)하는 둔갑술이며 신출귀몰하는 도술로써 썩고 병든 조정의 무리들을 혼비백산케 하신 제 선조인 홍길동의 비방을 최대한으로 활용함으로써 사후의 당신이나마 저도 한번 부모님을 기쁘게 해 드릴 생각으로 저의 가슴은 지금 출렁거리는 것입니다. 기대하여 주십시오, 어머니.

그래 그런지 저는 조금도 당황하질 않습니다.

삶과 죽음과의 간격이 앞으로 불과 이십 분으로 단축되었다고 지금 귀가 아프게 떠듭니다만, 그러나 저의 마음은 추호도 동요됨이 없이 도리어 이렇게 이제야 겨우 제 세상을 만난 기분인 걸요. 참으로 다행한 노릇입니다. 차분하게 가라앉는 마음. 당신도 보시다시피 저는 지금 이렇게 태연한 마음으로 향미산의 정상에 올라와 참으로 오래간만에 허리며 다리를 쭉 펴고 이 청신한 자연의 정기에 찬찬히 취하여 있는 것이 아니겠습니까.

지금 제 수족의 주변에서 부드럽게 흔들리며 미소하는 풀이며 가랑잎의 저 우아한 고전무용을 한번 감상하여 보십시오. 당신은 공연히 멋도 모르고 너무나 일찍 이 세상

26

making my parents happy for the first time, although you've passed away. I will make use of secret techniques of my ancestor, Hong Gil-dong, the leader of *Hwalbindang* who terrified the rotten and sick in the Royal Court out of their senses by using the occult art of transforming himself and summoning wind and rain, as well as the Taoist magic of sudden appearances and disappearances. Please look forward to it, Mother.

Perhaps because of this anticipation, I'm not at a loss at all.

Although they are making earsplitting noises, announcing that the distance between life and death has been reduced to only twenty minutes, I don't feel disturbed at all. On the contrary, I feel at ease as if I have finally had my day. How fortunate! I feel calmer. As you can see, I came up to the peak of Mt. Hyangmi in this peaceful state of mind and I'm now peacefully enjoying these fresh spirits of nature, stretching my back and legs for the first time in a long while, am I not?

Please enjoy the graceful classical dance of grass and fallen leaves, gently waving and smiling around my hands and feet. You might not be able to stand your own regrets and bitter smiles, the punishments

을 하직하신 당신의 그 어이없는 행동에 대하여 끓어오르는 회한과 고소(苦笑)의 형벌을 감내하지 못할 겁니다.

뿐더러 암놈을 찾아 눈알이 발갛게 상기되어 가지고는 이끼 낀 바위와 돌 사이를 누비며 회전하는 다람쥐의 저 참신한 연기는 어떻습니까. 그리고 끝내 인력의 법칙에 순종하여 알알이 굴러떨어지는 상수리며 도토리. 그런데 아 어머니, 지금 잔잔히 흔들리는 소나무 가지 사이사이로 환하게 내다보이는 파란 저것은 무엇인가요. 아 참, 하늘, 하늘이군요. 청아한 코발트, 그리고 아 투명한 성수의 빛깔. 하늘, 아 참, 어머니 저게 바로 하늘이군요. 너 이놈, 나이 삼십이 다 된 놈이 기껏 하늘을 보고 흥분하다니 부끄럽지도 않느냐구요. 물론 부끄럽습니다. 어머니, 그러나 할 수 없습니다. 저는 지금 이렇게 하늘을 처음 보는 기분인 걸요. 황홀합니다. 왜 그런지 저는 정말 생전 처음 하늘을 대하기라도 하는 것처럼 일종의 경탄과 부푼 감정으로 하여 온몸이 다 나른하게 퍼지는 것입니다. 머리 위에 항시 저렇게 싱싱한 하늘이 저를 향하여 줄줄이 흐르고 있다는 사실을 까맣게 잊고 살아온 과거. 그러니까 저는 삼십여 년이란 긴 세월을 그저 열심히 땅만을 쳐다보며 살아온 셈이지요. 누가 뭣 좀 흘린 것은 없을까. 모함

for your own ridiculous, too premature and pathetic good-bye to this world.

Besides, how do you like the refreshing antics of a squirrel who's frolicking and rolling around moss-covered rocks and stones with red eyes, looking for a mate? And what about those acorns finally obeying the law of gravity and falling one by one? By the way, Mother, what is that blue thing shining brightly through spaces between gently swinging pine tree branches? Oh, my, that's the sky. Right, the sky! What elegant cobalt! And oh, it's like the color of a bright constellation! Sky, oh, my, Mother, that's the sky! Are you asking me if I'm not ashamed of being almost thirty and so excited to see the simple sky? Oh yes, of course I'm ashamed. Mother, but I can't help it. I feel at this moment as if I'm looking at the sky for the first time in my life. So fascinating! I'm not sure why, but I feel almost languid because of a sort of wonder and excitement. I've lived completely oblivious to the fact that the sky, so fresh, is leisurely flowing towards me above my head. In other words, I've lived my thirty-some-odd years-long life only, and eagerly, looking down at the ground. 'Maybe somebody dropped something...' Like this, only searching for food for subsistence

과 착취와 그리고 살의에 찬 독한 시선을 피하며 오로지
연명을 위한 먹이를 찾느라고 저에게는 잠시도 머리 위를
바라볼 마음의 여유가 전연 없었는지도 모르겠습니다.

어머니, 이 비천한 자식을 이해하여 주시고 제 말씀을
좀 들어주십시오.

이제 머지않아 핵무기의 집중 공격으로 불꽃처럼 팡 하
고 터져야 할 몸. 그렇다고 제가 죽을 리는 없습니다만,
그래도 어머니, 이 역사적인 위기의 순간에 서서 제가 아
무렴 하늘 따위를 상대로 하여 이러니저러니 정감을 자아
낼 리야 있겠습니까.

그리하여 제가 지금 진실로 관심을 가지고 고민하고 있
는 문제는 바로 당신 자신에 관해서인 것입니다. 정말 이
렇게 오래간만에 타인과의 관련이 없이 홀가분한 마음으
로 자아(自我)의 품속에 들어와 이끼 낀 바위와 돌과 그리
고 풀이며 다람쥐의 친근한 벗이 되어 하늘이 주는 청신
한 정감에 흠뻑 젖어 있으려니까, 불현듯 당신의 모습이
떠올랐다는 이 희귀한 사실에 관해서인 것입니다.

좀 허풍을 떨자면 이십 년 만의 기적이라고나 할까요.
그렇습니다. 어머니, 용서하십시오. 어느 이방인의 배부
른 소견으로 보면 돌아가신 어머님이 생각났다는 이 남의

30

while trying to avoid murderously venomous glances, maybe I didn't have the presence of mind to look above my head even for a moment.

Mother, please understand your wretched child and listen to me.

I'm about to explode in flames due to saturation nuclear bombing, although I won't die because of it. Mother, I wouldn't become emotional simply because of the sky at this historical moment of crisis, would I?

In fact, what I'm truly interested in at this moment concerns none other than you. Really, what concerns me now is the strange fact that I'm suddenly reminded of you while I'm soaking in the refreshing sensations from the sky as a close friend of moss-covered rocks and stones, grass and squirrels, without caring at all about others and thinking only about myself for the first time in a long while.

If I may exaggerate a little, I could perhaps call this a miracle after twenty years. That's right. Mother, please forgive me. A stranger living a satisfied life might wonder about my state of mind for calling a thoroughly reasonable incident of a son being reminded of his deceased mother a miracle or something. He would think I must be crazy or ill

자식 된 도리로서 백번 지당한 사실을 가지고 기적이니 뭣이니 하며 대서특필하는 저의 정신 상태를 의심하겠지요. 미친놈이 아니면 후레자식의 소행이라고 말입니다. 하지만 저는 할 수 없습니다. 무슨 일이 있더라도 저는 당신을 잊어야만 했으니까요. 그 길만이 제가 사는 길이었다면 당신은 노하시겠습니까. 그리하여 저는 제 의식의 깊은 밑바닥에서조차 당신에 관한 일체의 기억을 쓸어버려야만 했던 것입니다. 따지고 보면 천벌을 받을 놈이지요.

하지만 어머니, 이런 세상에서 어떻게 굶어 죽지 않고 맞아 죽지 않고 용케 목숨을 이어가자면 말입니다. 너 이놈, 덮어놓고 이런 세상이라니, 그게 도대체 무슨 세상이냐구요. 참 당신도, 딱도 하시군요. 뭘 그렇게 소소한 문제에까지 일일이 질문을 하십니까. 의문은 발명의 바탕이라고 하지만 그것도 다 칠판 밑에서 학생들이나 할 소리지, 다 큰 어른이 그런 소릴 하면 병신 대접을 받습니다. 이런 세상이란 말할 것도 없이 이런 세상이란 사실을 구체적으로 표현할 수 있는 자유마저 없는 세상이 바로 이런 세상이지 뭡니까. 뭐라구요. 그런 정도의 설명을 가지곤 잘 모르시겠다구요. 정 그러시다면 할 수 없습니다. 역시 이런 세상에서 직접 살아보지 않고는 끝끝내 모르실

bred. No matter. I had no choice. I had to forget you, Mother, at all costs. Would you be angry if I say that forgetting you was the only way for me to survive? I had to sweep away all memories of you from the deepest recesses of my consciousness. Come to think of it, I deserve divine retribution.

But, Mother, in order to even scrape by in this kind of world without starving and being beaten to death... "You, rascal, what on earth do you mean by 'this kind of world'?" Is this what you're asking? Well, Mother, what a pity! Why on earth do you ask about such a small thing? They say curiosity is the mother of invention, I know. But that's for students in front of a blackboard. If a fully-grown adult asks such a question, she's treated like an idiot. Needless to say, this kind of world is the kind in which one has no freedom to express in detail what this kind of world is, right? What? You still don't get it? If that's the case, I can't help you. You'll never under-stand it without living it yourself. In that respect, I might also belong to some sort of privileged race living in an era of happiness. I know about mostly everything by now. I know that this is the kind of world in which those who have no experience of fighting for the people or of statesmanship can easi-

테니깐요. 그런 면으로 봐선 저도 역시 행복한 연대를 사는 일종의 특혜족인지도 모르겠습니다. 저는 지금 모든 것을 대충은 다 알고 있으니깐요. 민중을 위해서 투쟁한 별다른 경험이나 경륜이 없어도 어떻게 '반공'과 '친미'만을 열심히 부르짖다 보면 쉽사리 애국자며 위정자가 될 수 있는 것 같은 세상이란 것도 알고요, 오로지 정치자금을 제공한 몇몇 분들의 이익과 번영만을 위해서 입법이며 행정이 민첩하게 움직이는 것 같다는 사실도 잘 알고 있지 않습니까.

좌우간 어머니.

이런 세상에서 어떻게 저와 같은 비천한 백성이 천명을 다하기 위하여 땀을 뻘뻘 흘리노라면 말입니다. 하늘을 바라볼 여유가 없었듯이 또한 뒤를 돌아다볼 마음의 여유가 전연 없었는지도 모르겠습니다. 말하자면 저 자신도 모르는 사이에 자연히 기억상실증 환자가 되어버리는 셈이지요. 이렇듯이 과거를 잊은 자의 수중에 무슨 미래란 이름의 황홀한 상태가 준비되어 있을 턱이 있었겠습니까.

어머니.

저승에 계신 어느 유력한 분에게라도 잘 좀 말씀을 드려서 저도 좀 창조하는 역사의 대열에 서게 하여 주십시

ly become patriots and politicians, if they keep shouting "anti-communism" and "pro-America." Don't I also know that legislation and the administration seem to run smoothly only for the benefit and prosperity of a few who've contributed to political campaign funds?

At any rate, Mother.

While a wretched person like me is sweating to live to the end of his God-given life, you know, he probably wouldn't have the presence of mind to look back as he wouldn't have the presence of mind to look at the sky. In other words, I naturally became an amnesiac even before I knew it. Therefore, how would I, who forgot the past like that, have prepared for a blissful state called the future?

Mother.

Please help me participate in the ranks of people who create history even if you have to lobby someone powerful in the other world—in that beautiful historical procession of human beings who assess the rights and wrongs of the past, measure the present, and predict the future. As someone completely cut off from history according to whoever's will, I'm just so lonely, as lonely as an animal.

오. 과거의 잘잘못을 가리어, 현재를 제단하고 미래를 점친다는 인간의 그 아름다운 역사의 행렬에 말입니다. 누구의 뜻으로인지 역사에서 완전히 철거당한 저의 심정은 지금 짐승처럼 외롭기만 합니다.

그렇다고 어머니, 너무 오해하지 마십시오. 실상 저는 지금 말이 그렇지 적어도 홍길동의 혈액을 이어받은 저의 이 독한 의지며 총명한 두뇌로써 아무렴 그까짓 역사에서 제외되었다는 정도의 하잘것없는 일로 하여 당신을 잊었을 리야 있겠습니까. 솔직하게 말해서 저는 당신을 잊기 위한 의식적인 노력 끝에 당신을 겨우 잊을 수가 있었던 것입니다. 알아주십시오. 당신이 돌아가신 이후 저는 줄곧 저의 의식에서 출몰하는 당신에 관한 일체의 기억을 소탕하기 위하여 얼마나 고심했는지 모른답니다. 일상 저의 눈앞에 당신이 떠오른다는 그것은 저에게 있어선 참으로 무서운 형벌이며 동시에 치욕이라고 생각되었기 때문입니다. 그러니까 저의 과거란 모름지기 당신을 잊어버리기 위한 가열찬 투쟁사의 한 장면이었다고나 할까요. 뭐라구요. 듣자 하니 너 이놈 천하에 죽일놈이라구요. 말로만 그렇게 탓하지 마시고 이 자식을 좀 가차 없이 처벌하여 주십시오. 제아무리 혹독한 벌이라도 당신이 주시는

Yet, Mother, please don't misunderstand me. It's true that I complained, but could I have forgotten you just for the trivial circumstance of being excluded from history, when I have a very strong will and bright mind that I inherited from none other than Hong Gil-dong? To speak frankly, I could forget you only after I tried consciously and very hard. Please know. You have no idea how hard I tried to wipe out your memory that lingered continuously in my consciousness after your death. To see your image before my eyes everyday was a disgrace as well as a truly terrifying punishment. In other words, one might call my past the history of my fierce struggle to forget you. What? Are you saying that I'm the worst worthless rascal under Heaven now that you've heard what I said? Please stop simply scolding me, but ruthlessly punish me! I'm ready to accept the severest punishment if it comes from you.

Mother.

If I tell you, however, that trying to forget you was the only way I could be lead to the gate of filial piety, would you scold me, your child, even more? Even if that were the case, I have nothing else to say. I had to forget you no matter what. Well, now,

거라면 암말 없이 언제나 달게 받을 용의가 준비되어 있습니다.

어머니.

그러나 당신을 잊기 위한 노력이 곧 제가 행사할 수 있는 유일한 효도의 문으로 통하는 길이었다면 당신은 이 자식을 더욱 나무라 주시겠습니까. 그러셔도 할 수 없습니다. 어쨌든 저는 당신을 잊어야만 했으니까요. 자, 그럼 한번 들어주시겠습니까.

왜 그런지 당신을 생각할 때마다 저에게는 당신의 그 눈이며 코며 입이 자아내는 자애스러운 표정이 아니라, 항시 협박하듯 당신의 음부만이 커다랗게 확대되어 가지고는 저의 시야를 온통 점령하는 것이었습니다. 이렇듯이 망측스러운 환상을 지우기 위하여 저는 밤낮없이 머리를 흔들어야 했거든요. 그리고 눈을 꼬집고 뒤통수를 때려야만 했습니다. 하지만 그럴수록에 당신의 음부는 더욱 그 색채며 형태가 또렷하여지면서 발광하듯 움직이더군요. 참으로 환장할 노릇이었습니다. 어찌 보면 더럽고도 무서운 그리고 때로는 황홀하기조차 한 빛깔이며 형태로서 당신의 음부는 민첩하게 신축하는 것이었습니다. 그럴 때마다 저는,

could you please listen to me?

I don't know why, but whenever I thought about you, it wasn't the loving expression of your eyes, nose, and mouth that I saw, but your threateningly enlarged genitals that completely overwhelmed my sight. In order to erase this outrageous illusion, I had to shake my head day and night. I had to pinch my eyes and hit the back of my skull. But the more I tried, the clearer the color and shape of your genitals became and the more wildly they moved. It really drove me crazy. Your genitals, dirty and terrifying in a way, but sometimes even fascinating in their color and shape, nimbly expanded and contracted. Every time that happened, I cried "Mo-mother!" almost groaning, entirely taken aback. I also had to wander around like a sleepwalker no matter when and where. Ah, the collection of genitals, genitals, and genitals continuing to creepily move and sway in front of my eyes! Luckily I didn't go crazy probably thanks to the blood of my ancestor, Hong Gil-dong, calmly flowing through my whole body and helping me.

Mother.

When you showed your genitals in all their details to me, a mere child of twelve or so, you probably

39

"어, 어머니!"

신음하듯 당신을 부르며 질겁을 했었지요. 그리고 때와 곳을 가리지 않고 몽유병자처럼 방황하여야만 했습니다. 아, 징그러운 동작으로 눈앞에서 항시 스멀스멀 움직이며 흔들리는 음부, 음부, 음부의 집산(集散). 그래도 제가 용케 미치지 않은 까닭은 저의 조상이 홍길동의 피가 저의 온몸을 잔잔히 흐르며 도와주었기 때문인지도 모르겠습니다.

어머니.

겨우 여남은 살짜리 철부지였던 저의 눈앞에 그 세밀한 부분에 이르기까지 낱낱이 공개하여주신 당신의 그 음부가 이렇게 오래도록 한 인간의 가슴속에 깊은 상흔을 남길 줄이야 당신도 미처 모르셨겠지요.

왜, 기억하시겠습니까. 그러니까 벌써 이십 년 전인가요.

온몸을 훑는 환희와 흥분과 좌우간 그런 것으로 하여 당신의 숨결이 다 고르지 못하게 흔들리던 날의 그 아기자기한 정경이 말입니다.

그날 당신은 동생 분(粉)이와 저를 한아름에 꼭 껴안으시고 온밤을 꼬박 뜬눈으로 새우셨지요.

"아가야, 이제 아빠가 오신단다."

didn't know how profound a trauma they would leave in my heart.

Well, do you remember? I think it was twenty long years ago.

I mean the happy scene of that day when even your breathing was uneven because of the joy and excitement coursing through your entire body.

You stayed up all night, holding Buni, my sister, and me tightly in each of your arms.

"Sweeties, your dad is coming back."

"Really? Dad?"

"That's right! Dad will definitely come back. We're liberated now."

"Liberated?"

"Of course, we're totally liberated. America vanquished the Japs completely. So Dad doesn't have to run away from them. On the contrary, now the Japs will run away from Dad! They'll be afraid of him. Hee-hee! That's right. How awesome and wonderful your dad is! Bun, Mansu, isn't that so? Right? Hurry up and tell me! Right?"

Since you kept on urging us, I casually answered yes, but I couldn't understand what was going on at all.

But you were completely moved to the point of

"뭐, 아빠가?"

"그럼, 아빠가 오시잖구. 이젠 해방이 된 거야."

"해방?"

"암, 해방이 되구말구. 미국이 말이지, 일본놈을 아주 쳐부순 거란다. 그러니깐 아빤 이제 일본놈들을 피해 다니지 않아도 괜찮게 된 거야. 이젠 되레 일본놈들이 아빨 피해 다닐 걸. 무서워서 말이지. 히히히. 암, 그렇구말구. 너희 아빠가 아주 얼마나 무섭구 훌륭한 사람이라구. 분아, 만수야, 그렇지? 응? 어서 말해봐. 그렇지, 응?"

이렇게 자꾸 당신이 독촉하는 바람에 얼핏 그렇다고 대답은 했었지만 저는 영 무슨 영문인지 알 수가 없었습니다.

하지만 그때 저희들의 그 멋없는 대답에도 당신은 정말 눈물이 핑 돌만치 엄청나게 감격하시더군요. 연시처럼 빨갛게 달아오른 양볼로 저희들의 온몸을 부지런히 문지르시면서,

"아이고, 요것들 참 착하기도 하다. 분아, 만수야, 암, 그렇구말구. 이제 뭐 걱정이 있나. 아빠의 소원대로 이젠 우리나라도 독립을 하겠다, 아빠도 오실 거구, 그럼 이젠 뭐 잘 살게 되는 거지. 암, 그렇구말구. 분아, 만수야, 우리도 이젠 마음 놓고 잘 살게 되는 거야. 알겠어? 응, 아빠와

crying even at our careless answer. You kept rubbing your red-hot flushed cheeks on our bodies, saying,

"My dearest, what good children you're! Bun, Mansu! That's right, of course. Now there's nothing at all for us to worry about. Just as your dad wished, our country has become independent. So your dad will come home. Then we'll all live well. That's right. Of course! Bun, Mansu! We'll now live well without any worries, understand? Yes, with your dad!"

With such confidence, you kept repeating that we would live well. I remember I was excited without understanding why, simply because of your high-pitched, trembling voice entirely different from your usual speaking voice. Words like "America," "liberation," and "independence" that poured out of your mouth were completely weird. But together with the unexpected news that Dad was coming back, your unprecedented, rapturous expression made me feel, not unlike you, as if my body was floating up towards the sky, quite moved by the buoyant expectation that something extraordinary was about to happen to us.

After that you bathed in mineral water at all hours,

함께 말이지."

자신만만한 투로 연방 잘 살게 된다는 말만을 되풀이하
시던 당신. 그때 저는 무엇인가 평상시의 당신의 말씀과
는 전혀 그 격조가 다른 높고 떨리는 말씀 앞에서 괜히 가
슴이 울렁거리던 일을 기억하고 있습니다. 돌연 당신의
입에서 쏟아져 나온 그 미국이니 해방이니 독립이니 하는
낱말들은 생경하기 짝이 없었지만, 그러나 아빠가 오신다
는 이 뜻하지 않은 말과 함께 좌우간 당신의 그전에 없이
황홀한 표정으로 미루어보아, 근근 저희들에게도 무엇인
가 졸연치 않은 일들이 닥쳐올 것만 같은 부푼 기대와 감
동으로 하여, 저도 당신 못지않게 온몸이 하늘로 붕 뜨는
기분이었지요.

그 후 낮과 밤을 가림이 없이 약수에 목욕하고 빈번히 옷
매무새를 가다듬으면서 하늘을 향하여 정성껏 두 손을 모
으시던 당신. 그 옆에서 저도 무조건 무릎을 꿇었잖아요.

'아빠가 오신다.'

좌우간 이 말은 미국이니 뭣이니 하는 어려운 말 따위
와는 비교가 안 되게 어린 저의 마음을 흡족하게 하여준
탓이었겠지요. 언젠가 한번 건넌방에서 흘깃 보고 만 그
분이, 수염이 많고 눈이 부리부리하시던 그분이, 그리고

adjusted your dress frequently, and prayed to Heaven with your hands pressed together. I knelt down besides you, not knowing what was really happening, didn't I?

"Dad is coming back."

That sentence, anyhow, filled my childlike heart with a level of happiness incomparable to what difficult words such as "America," etc. could do. That man I briefly glimpsed only once in the room opposite the living room, that man with a thick beard and big fiery eyes, that man whose hand Mom was holding, sobbing—if that man was really Dad, he must be a strong and scary person, and if he lives with us in our house, then Dolman and Taesik, those neighborhood kids who had been bullying me, wouldn't dare bother me. That was probably my silent calculation. At any rate, probably because of that, I joined you in praying to God with all my heart.

"Dear God, please send Dad quickly. All three of us are now waiting for him eagerly as you can see. Please let us see his wonderful figure soon, please!"

I said something like that in words similar to yours, but then added, perhaps remembering something, "Please! Mom is waiting for Dad, all dressed

손을 꼭 잡힌 채 엄마가 흑흑 느껴 우시던 그분이 정말 아빠라면, 우리 아빠 힘이 세고 무서운 사람임에는 틀림없겠고, 그렇게 무서운 사람과 함께 한집에서 사노라면 평소에 나를 업신여기고 못살게 굴던 이웃집 돌만이며 태식이 따위는 그저 영 맥을 못 추고 말 것이라는 저의 속셈이 크게 작용한 탓이었는지도 모르겠습니다. 어쨌든 그리하여 저도 끝까지 긴장된 마음으로 당신을 따라 하나님께 부탁했었지요.

"하나님, 우리 아빠를 빨리 보내주세요. 우리 집 세 식구는 이렇게 지금 아빠만을 눈이 빠지게 기다리고 있거든요. 하루속히 아빠의 그 훌륭한 모습을 볼 수 있게 해 주세요, 네."

여기까진 그래도 당신의 기도 소리와 별반 차이가 없었지만 저는 그때 무슨 딴생각이 있어 그랬는지,

"엄마는 밤마다 목욕하고 머리 감고, 그리고 아주 색시처럼 예쁘게 차리고는 아빨 기다리고 있거든요."

이런 뚱딴지 같은 소리를 멋대로 첨가하는 바람에 당신은 더욱 상기된 얼굴로 저를 지그시 내려다보시며 약간 눈을 흘기는 듯하시다간 이내 미소를 지어 보이시던 당신의 그 아름다운 모습을 저는 지금도 잊지 않고 있답니다.

up pretty like a bride after taking a bath and washing her hair every night."

I still remember your beautiful face when you gently looked down at me with a reproachful glance, which immediately changed into a smile, at my impertinent, random words.

Mother.

It was one of those days of waiting.

That day you raced to a welcome rally, holding the Korean national flag and the Star-Spangled Banner that you had made all night long with all your heart after so much trial and error. Didn't you come back home that evening with your face distorted by despair and screaming weirdly like an animal? I was completely dumbfounded.

What on earth happened?

Disheveled hair, torn clothes, bloodshot, angry eyes, and blood-smeared trembling lips.

Buni and I were simply shaking, unable even to breathe when we saw you appear in such a frightening shape completely unlike our mom. How could our mom, or any human being, be transformed so completely in half a day? My hopeful anticipation of an extraordinarily happy event immediately changed into a mountain of anxiety

어머니.

아마 그러던 어느 날이었지요.

밤새 지우고 찢고 하면서 정성껏 만든 태극기와 성조기를 앞세우고 나는 듯한 걸음으로 무슨 환영대회에 나가시던 날이 말입니다. 그리고 그날 저녁 늦게 당신은 절망스럽도록 이지러진 표정으로 짐승처럼 해괴한 소리를 치시며 돌아오시지 않았겠습니까. 저는 다만 아연할 뿐이었습니다.

도대체 어찌 된 판인가.

흩어진 머리에 갈가리 찢긴 옷하며 벌겋게 독이 오른 눈, 그리고 피 묻은 자국하며 떨리는 입술.

이렇듯이 전혀 엄마 같지 않은 무서운 모습을 하고 출현하신 당신을 대하고 분이와 저는 숨 한 번 제대로 못 쉬고 벌벌 떨기만 했었지요. 불과 한나절 사이에 엄마가, 아니 하나의 인간이 이렇게도 원 딴판으로 변할 수가 있을까. 무엇인가 졸연치 않게 즐거운 일이 생길 것만 같던 저의 부푼 기대는 순간, 사지가 떨리는 불안과 공포의 덩어리로 돌변하더군요. 정말 졸연치 않은 일이었습니다.

그때 당신은 철없는 저희들 앞에서 무슨 짓을 하셨는지 아십니까. 참 망측스럽게도 당신은 우선 옷을 벗더군요.

and fear that made my entire body tremble. It was really an extraordinary turn of events.

Do you remember what you did in front of your young children?

Grotesquely, you first took off all your clothes. Continuously gasping for breath, you took off your pants, undergarments, and even your crumpled panties, let alone your shredded dress and jacket, and you became completely naked. It was the naked body of a woman, even more, of my mom, which I saw for the first time in my life. Not only was I terrified, but also I was so embarrassed I felt as if my entire body had been glued to the floor. I was sweating. But you didn't care at all about our terror and poked at those exposed things between your legs, yelling so loudly as you shook the walls of our house.

"Oh, you devils, you who deserve to be beaten to death! Do you think I protected my bottom hole for you scoundrels? Huh? You scumbags who deserve to be struck by lightning! No way! Ah-h-h, what a shame! My poor husband! How dare you poke at the hole that even I haven't touched, I was so cautious! You dirty scumbags! Ah-h-h, dirty, so dirty!"

Continuing to yell about dirt and shame like this,

연방 숨을 거칠게 몰아쉬면서 갈가리 찢어진 치마와 저고리는 물론, 속곳이며 내의 그리고 구겨진 팬티까지를 홀렁 벗어던진 당신은 알몸이었습니다. 처음 보는 여인의, 아니 엄마의 알몸, 저는 무서운 것도 무서운 것이었지만 공연히 부끄러워서 그만 온몸이 착 하고 눌어붙는 기분이더군요. 땀이 났습니다. 그러나 당신은 저희들의 이 난처한 사정은 조금도 돌보지 않으시고 그 환히 들여다보이는 가랑이 사이의 그것을 마구 쥐어뜯으시더니, 고만 벽이 흔들리게 고함을 치시더군요.

"아이고, 이 천하에 때려죽일 놈들앗, 내가 뭐 너희들을 위해서 밑구멍을 지킨 줄 아냐! 엉! 이 벼락을 맞을 되지 못한 것들앗. 흥! 어림없다. 아이고, 내사 원통해. 그러니 우리 남편만 불쌍하지, 아 글쎄 나도 사위스러워서 제대로 만져보지 않은 밑구멍을, 아 어떤 놈 맘대로 찔러! 이 더러운 놈들앗. 아이고, 더럽다, 더러 ."

연신 이렇게 더럽고 분하다면서 당신은 아무 데나 대고 침을 탁탁 뱉으셨습니다. 당황한 저는 정말 말로만 듣던 지옥에 들기라도 한 것처럼 모든 것이 온통 무섭게만 보이더군요. 순간, 당신은 민첩하게 저의 머리를 낚아채시더니 아 억지로 저의 얼굴을 당신의 가랑이 사이에 바싹

you were spitting everywhere. Embarrassed and confused, I was scared of everything as if I had been plunged into a hell I only knew from stories. The next moment you snatched my head and forced my face between your legs. A sudden attack of stench, and terror! But without skipping a beat, you said,

"Look, look at it. You brat! Look at my hole clearly! Ah-h-h, what a shame! You brat, rub your eyes clean and look at it very closely, how dirty it got."

Then with your fist you ruthlessly punched me in my head that was still between your legs. I must have turned blue. I held your crazily shaking hands tightly and said,

"Ouch, mommy, Mommy."

I now vaguely remember that I couldn't even cry. I just shook. But, Mother, would you consider me your child if I tell you that, in the middle of that wild situation, I was surprised and somewhat pleased to find an unexpectedly strange-looking organ between your legs and that I even felt some sort of thrilling vibration in my manhood? It's up to you. You went too far for your young children. I wouldn't resent whatever you think about me now. I really don't care.

갖다 대는 것이 아니겠습니까. 확 끼치는 악취, 그리고 두려움. 하나 당신은 잠시도 무슨 여유를 주지 않고,

"자, 보란 말이다. 이놈의 새끼야. 아 내 밑구멍을 좀 똑똑히 보란 말이엿. 아이고 분해, 이놈의 새끼야, 좀 얼마나 더러워졌나를 눈을 비비고 좀 자세히 보란 말이엿."

그러면서 밑에 갖다 댄 저의 골통을 사정없이 쥐어박으시더군요. 저는 아마 파랗게 질렸었지요. 저는 그때 광란하듯 흔들리는 당신의 손을 꼭 붙잡고는,

"아이고, 엄마, 엄마."

잘 울지도 못하고 부들부들 떨었던 기억만이 지금 어렴풋이 남아 있으니깐요. 하지만 어머니, 당시 저는 그렇게 수습할 수 없는 경황 중에서도 당신의 가랑이 사이에 참으로 예기치 않았던 기이한 형태의 기관이 있었음을 발견하고 놀라움과 동시에 일종의 쾌감 비슷한 감정으로 하여 아랫도리가 다 자르르 흔들렸다면 그래도 당신은 저를 자식으로 생각하여 주시겠습니까. 마음대로 하십시오. 그때 당신은 참 어린 저희들에게 너무하셨으니까요. 이제 와서 어떻게 생각하시건 별로 섭섭하진 않습니다. 관심도 없구요.

어쨌든 당신은 미군한테 겁탈을 당하고 미쳤다는 이러한 소문이 파다하게 퍼지는 가운데 알몸이 되어 얼마 동

Anyway, completely naked, you didn't eat or drink for days as a rumor spread that you were raped by an American soldier and had gone crazy. Then, one of those days when you were constantly poking at your genitals and yelling inscrutable things you suddenly screamed at the top of your voice, "You scumbags who deserve to be killed! Just kill me!"

After this pitiful shriek, you closed your eyes forever.

Mother.

Please forgive me. As I roughly explained earlier, I couldn't think about you after that. No matter how much I missed you or how unfair losing you felt, I had to grit my teeth to forget you. Whenever I thought about you, I was always confronted with a magnified vision of your monstrous genitals above all. How unfilial! It really drove me crazy. Because I painfully experienced through you how dirty, shameful, and fearful going crazy could be, I had to forget you, if only in order not to go crazy. It seems that unconsciously it became some sort of creed for my life.

Mother.

What would be your scolding words if I say that, come to think of it, I haven't visited your grave

안이나 식음을 전폐하시더군요. 그리고 연방 무슨 소린지 모를 소리를 지르시며 사타구니만을 열심히 쥐어뜯으시던 어느 날, 당신은 갑자기 목구멍이 터져라 하고,

"이 죽일 놈들아! 날 죽여다오."

애절하게 외마디 소리를 치시더니 영 그냥 눈을 감고 마셨습니다.

어머니.

용서하여 주십시오. 아까도 대충 말씀드렸지만 그 후 저는 당신을 생각할 수가 없었습니다. 꿈결처럼 당신을 빼앗긴 아쉬움이, 억울함이 제아무리 거세더라도 저는 이를 악물면서 당신을 잊어야만 했거든요. 불효스럽게도 당신에 관한 생각을 떠올리기만 하면 뭣보다도 먼저 당신의 그 흉측한 음부가 커다랗게 확대되어 가지고는 저의 눈앞을 탁 가로막는 것이 아니겠습니까. 참으로 미칠 노릇이었습니다. 한 인간이 미친다는 사실이 그 얼마나 더럽고 창피스러우며 또한 무서운 노릇이던가를 당신을 통해 뼈가 아프게 체험한 저는 오로지 미치지 않기 위해서라도 당신을 꼭 잊어야만 한다는 것이 어느 결에 제 인생의 무슨 신조처럼 굳어버렸던지도 모르겠습니다.

어머니.

even once, really because I had to keep following that creed of mine? It was inevitable.

But, Mother, now I'm in the regrettable situation of not being able to find your gravesite even if I wanted to fulfill my duty as your child. Why am I trying to make up some excuse after all these years? Well, that's not the case at all.

Look, please!

Right now, for the sake of the beauty of the cityscape and the growth of our economy a building is reflecting sunlight back towards the sky at the very site where you once lay for twenty years. In other words, restaurants, banks, hotels, and foreign firms occupied your gravesite by force, calling themselves "buildings" under the excuse of improving the beauty of our city. Well, are you sad? What? Are you saying that's a good thing? I see, you're saying that a place should be used effectively for the living rather than the dead.

You're right.

But what would you say if I told you there isn't a single door a humble subject like me can pass through freely in the middle of this rich forest of buildings and that there isn't a *pyeong*[5] of space in which an exhausted body like mine can take a brief

따지고 보면 제가 아직까지 한 번도 당신의 유택을 찾지 않은 까닭도 실은 그러한 제 인생의 신조를 관철하기 위한, 부득이한 조처였다면 무어라 책망하여 주시겠습니까.

하지만 어머니, 이젠 당신이 묻힌 자리를, 그 유택을, 자식 된 도리로서 제아무리 찾고 싶어도 도저히 찾을 수가 없는 딱한 형편에 저는 지금 놓여 있는 것입니다. 이제 와서 새삼스럽게 무슨 변명을 하려느냐구요. 원, 천만의 말씀을 다 하십니다.

자, 보십시오.

도시의 미관과 경제의 성장을 위해서 이십여 년이나 당신이 누워 계시던 자리엔 지금 빌딩이 하늘을 향하여 요란스럽게 빛을 던지고 있답니다. 다시 말하면 요정이, 은행이, 호텔이, 그리고 외인상사가 당신의 유택을 강점하여 도시의 미관이란 미명하에 빌딩이란 이름으로 둔갑을 하고 있는 거죠. 왜 섭섭하십니까. 뭐라구요? 거 참 잘된 일이라구요. 원래가 땅이란 그렇게 죽은 사람보다 산 사람의 편에 서서 효과적으로 이용되어야 한다는 말씀이시죠.

정말 옳으신 말씀이십니다.

하지만 저렇게 풍부한 빌딩의 밀림 속에서도 저와 같은 비천한 백성이 마음 놓고 출입할 수 있는 단 한 짝의 문과,

rest? Ha-ha, that's nonsense, you say? I see, you're saying that it can't be so in the other world. Hey, you, aren't you ashamed in front of Great King Yama for confusing this world and the next for so long?

Anyway, speaking of that luxurious human residence called a building in the Republic of Korea, my country, it has very strangely been a remote shrine and high temple open only to foreigners, a few high officials, and their chums and closed off to us ordinary people. It didn't matter how hard we shook its doors. Mother, don't misunderstand me. Please look down at our wretched lives that are crumbling lower and lower the higher the buildings go and the more buildings there are. As a result, I don't dare look up whenever I walk in the downtown area full of buildings. Probably because every time a sort of paranoid suspicion that some fearsome conspiracy to make our lives even more miserable is being cooked up in the deepest interior of that brilliantly decorated building oppresses my mind.

I'm dizzy.

Buildings—look at the light—complexioned faces of those buildings that are rising every day, tram-

기진한 몸을 풀기 위하여 잠시 휴식할 수 있는 단 한 평의 면적이 마련되어 있지 않다면 당신은 어떻게 하시겠습니까. 허허 참 난센스라구요. 저승에는 그런 법이 없다, 이 말씀이시죠. 참 당신도, 저승과 이승과를 그렇게 오래도록 혼동하고 계시면 염라대왕에게 미안하지도 않습니까.

좌우간 이승에 뿌리박은, 아니 내 조국 대한민국에 자리잡은 그 빌딩이란 이름의 호화스런 인간의 거처는 말입니다. 기이하게도 항시 이방인과 몇몇 고관과 그리고 그들의 단짝만을 위해서 문호를 환히 개방하고 있을 뿐, 저희들에게 있어서는 언제나 흔들어도 열리지 않는 깊은 유택이며 동시에 높은 신전(神殿)이었습니다. 어머니, 오해하지 마시고 빌딩의 층과 수가 번창하여 갈수록 이렇게 자꾸만 밑으로 패망하여 가는 저희들의 이 참담한 생활을 한번 굽어보아 주십시오. 그리하여 저는 빌딩이 첩첩하게 쌓인 번화가를 거닐 때마다 감히 고개를 바로 쳐들 수가 없는 형편인 것입니다. 영롱한 빛으로 장식된 빌딩의 저 깊은 밀실에서는 오늘도 우리들을 이 이상 더 못살게 하기 위한 무슨 가공할 음모가 기필코 꾸며지고 있을 성싶은 그런 일종의 피해 의식이 번번이 저의 뒤통수를 억압하는 탓이라고나 할까요.

pling all over your grave and oppressing me. Doesn't your brain quiver? Are you asking me, "You rascal, is this a time for you to be enjoying buildings?" You're digressing. What, are you reminding me there's only ten minutes remaining? It doesn't matter whether there's ten minutes or one minute left. Do you think I'll die then? Well, didn't I tell you that I could never die like this? Why do you keep talking nonsense? What do you think of me? I'm sad. Oh, you still haven't taken that radio receiver off your ear. No matter how long you hear, they will say the same thing over and over again. Are you saying that even so it would be good for me to listen to what they say? Ha-ha, well, wherever you're, you continue to care about your child. Oh, well, I'll listen to it, ok?

"Please look forward to it. Citizens of the world! In ten minutes, in only ten minutes, a beautiful flash of light destroying filth will guide you to a rapturous public square. Please look! Look how miserable and cold the end of the criminal will be who raped the American soldier defending the freedom and prosperity of human beings, I mean his wife. Look, enjoy! Filth should be swept away. The seed of evil should be eradicated. We invested no less than

어지럽습니다.

빌딩, 어제도 오늘도 당신의 유택을 짓밟고 동시에 저를 억누르면서 하나씩 둘씩 일어서는 빌딩의 저 희멀건 낯짝을 좀 보십시오. 당신은 골이 흔들리지 않습니까. 너이놈, 네가 지금 빌딩을 감상하고 있을 때냐구요. 딴소릴 하시는군요. 뭐 이제 십 분이 남았다구요. 아 그까짓 십 분이면 어떻고 일 분이면 어떻습니까. 그렇다고 뭐 제가 죽나요. 글쎄 저는 도저히 이대로는 죽을 수가 없다고 하잖았어요. 그런데도 당신은 도대체 제 말씀을 뭘로 아시고 번번이 헛소릴 하십니까. 섭섭합니다. 아, 당신은 아직 리시버에서 귀를 떼지 않으셨군요. 암만 들어도 결국 그 소리가 그 소리인 것을. 그래도 한번 들어두는 것이 제 신상을 위해서 좋을 것 같다구요. 하하 참, 어디 계시건 자식 생각은 여전하시군요. 젠장, 그럼 한번 들어보지요.

"기대하여 주십시오. 전 세계의 시민 여러분. 앞으로 십분, 이제 단 십 분 후면 오물을 파괴하는 아름다운 섬광이 여러분들의 심신을 황홀한 도취의 광장으로 안내할 것입니다. 자, 보십시오. 인간의 자유와 번영을 수호하는 미 병사의, 아니 미 병사의 아내를 강간한 자의 말로가 얼마나 참혹하고 싸늘한가를 말입니다. 자, 감상하여 보십시

three hundred million dollars in this holy task of eradicating the seed of evil. Everyone, please see clearly and be a historical witness. Frontier TV, chosen by us, Pentagon authorities, will transmit live this historical scene of exploding a seed of evil through the Cosmos Satellite all over the world. You accursed rapist! You wicked criminal who soiled the honor of America, the free people! Accept your divine punishment!"

Nonsense! They call me a rapist? Would you believe me if I told you that all those words are nonsense? No, even if I did commit a rape for some unavoidable reason, why should I receive divine punishment? I might deserve that if a certain big-nose fellow who raped and eventually led you to the other world also got divine punishment.

"You rascal!"

You look very ill. Please restrain your anger. How could I, Mansu, descendent of Hong Gil-dong, have committed such a crime? I could have done something similar to rape in the confusion of the moment. Well, to speak frankly, it was nothing other than solving a problem that had been bothering me for a long time like pent-up resentment long accumulated in my heart. What on earth am I talk-

오. 오물은 쓸어야 하는 것입니다. 악의 씨는 송두리째 뽑아야 하는 거구요. 악의 씨를 뽑기 위한 이 성스러운 작업에 투자한 액수가 물경 삼억 불. 여러분, 똑똑히 보시고 역사의 증인이 되어주십시오. 악의 씨가 폭발하는 이 역사적인 광경은 본 펜타곤 당국이 선발한 프런티어 텔레비전이 코스모스 위성을 통해서 지구의 곳곳마다 선명하게 잘 전하여 줄 것입니다. 이 저주받은 강간자여! 미국의, 아니 자유민의 명예에 똥칠을 한 간악한 범법자여! 천벌을 받으라!"

기가 막히는군요. 저보고 뭐 강간자라구요. 이게 다 거의 헛소리라면 당신은 저를 믿어 주시겠습니까. 아니, 설혹 제가 부득이한 사정으로 강간을 했다면 왜 천벌을 받습니까. 당신을 강간하여 저승으로 인솔하기까지 한, 어떤 코 큰 친구도 천벌을 받았다면 혹시 또 모르지만 말입니다.

"글쎄, 너 이놈."

안색이 아주 좋지 않으시군요. 어서 노여움을 거두십시오. 홍길동의 자손인 나 만수란 녀석이 아무렴 그따위 못된 짓을 했을 리야 있겠습니까. 혹시 엉겁결에 제가 강간 비슷한 짓을 했을지는 모릅니다만. 솔직하게 말해서 제

ing about, are you asking? Ok. In fact, I've wanted to tell you this for a long time, but I've been postponing telling you in detail about it because I was worried that you might go crazy again out of extreme anger.

What?

Oh, I see. The hearts of the dead are so cold that such a thing cannot happen. Is that what you're saying? So you're saying that I don't have to worry about shocking you no matter how offensive and horrendous my words might be, right? Ok, I didn't know that. Now I won't hesitate to tell you stories, however horrible. Don't be surprised. To make a long story short, your precious daughter and my sister, Bun, whom you raised so carefully, ah, so absurdly, became the mistress of an American soldier, who might be the very person who raped you: Master Sergeant Speed of the X division of the U.S. Army. Mother, didn't you promise me? Don't ever tremble. It was also inevitable, you know. Now please think about it.

After you passed away, Father, whom we so hoped to see, did not return. So we, Buni and I, went to live with your parents, themselves very poor, as if in exile. The misery of our lives was

말씀은 말입니다. 오랜 세월 가슴에 쌓이고 쌓인 무슨 한 (恨)과 같이 항시 저를 들볶아 오던 한 가지 크나큰 의심을 풀어본 것에 지나지 않는다 이 말씀이거든요. 무슨 말이 그러냐구요. 그러시겠지요. 실은 진작 자세한 말씀을 여쭙고 싶었지만, 그러면 혹시 당신의 노여움이 지나쳐서 또 한 번 발광하는 사태가 벌어지면 어쩌나 하는 걱정 때문에 아직 자세한 말씀은 보류하고 있었던 것입니다.

뭐라구요?

아하 참, 그러십니까. 죽은 사람의 심장은 하도 냉해서 그럴 리가 없으시다구요. 그러니까 제아무리 자극적인 끔찍한 말에도 절대로 무슨 충격을 받을 염려가 없다 이 말씀이시지요. 좋습니다. 그걸 제가 아직 몰랐었군요. 그럼 이제 안심하고 당신 앞에선 그 어떠한 내용의 말씀도 서슴지 않을 생각입니다. 놀라지 마십시오. 쉽게 요점만을 말씀드리자면 천하에 둘도 없이 기른 당신의 소중한 딸이며 동시에 저의 누이동생인 분이 아, 어이없게도 당신을 겁탈한 바로 그 장본인일지도 모르는 어느 미 병사의 첩 노릇을 하게 되었다는 이야기인 것입니다. 미 제 엑스 사단의 스피드 상사. 어머니, 왜 약속하시지 않았습니까. 절대로 몸을 떨지 마십시오. 역시 불가항력이었으니깐요.

indescribable.

"Hey, hey, hey."

You don't want to hear about it, do you? Ok. I'd rather simply shut up. At any rate, when I began to know the world little by little, I ran into the Korean War, the enlistment and the painful—no, the adjective "painful" can't even begin to describe it. Anyway, I can perhaps say that I survived the entire process of that disaster similar to divine punishment. However, when I came back from my service after taking off my military uniform and dragging my feet, there was no place I could throw my emaciated body in this world. I didn't know what to do. When I was begging and wandering about... But even then, God may not have been completely asleep in the Republic of Korea. All of a sudden, a beautiful girl, Buni, appeared in front of me. I was moved. Buni didn't hide anything. She of course didn't look crazy like you, either. On the contrary, she was bragging about her relationship with Master Sergeant Speed as if it was an extremely lucky thing. At that moment I felt as if the sky turned pitch-black and came crashing down. Suffocating, I felt I would be relieved only after I was tortured or something. So I was standing there without saying a

그럼 생각하여 보십시오.

당신이 가신 이후 그렇게도 염원하던 아빠의 모습은 보이질 않고 그리하여 끝내 유배 가듯 분이와 함께 그 가난한 외가를 찾은 저희들의 형편은 그동안 참 말이 아니었습니다.

"야, 야, 야."

듣기 싫다 이 말씀이지요. 알겠습니다. 저도 숫제 입을 봉하는 편이 좋겠군요. 좌우간 세상 물정을 조금 알기 시작할 무렵 저와 돌연히 충돌한 6·25니 피난이니 입대니 하는 그 쓰라린, 아니지요 어머니, 쓰라린 정도의 형용사를 가지곤 어림도 없습니다. 어쨌든 그렇게 천벌 비슷한 재앙의 노정을 무사히 겪었다고나 할까요. 하지만 그때 군복을 벗고 터벅터벅 돌아온 저의 그 파리한 몸 하나를 어디 비집고 처넣을 데가 없더군요, 세상엔. 막막했습니다. 걸식과 방황과 그러나 그때만 해도 대한민국에서 신은 아직 완전히 주무시진 않던 모양이었습니다. 돌연 제 앞에 한 아름다운 여인이, 분이가 등장해 주었으니까요. 감격했습니다. 분이는 모든 것을 숨기지 않더군요. 물론 당신처럼 미친 모습도 아니었구요. 도리어 분이는 무엇인가 행운을 잡은 듯한 표정으로 스피드 상사와의 관계를

word, like someone whose soul had just left him, when all of a sudden Buni buried her face in my scraggy chest and sobbed. Then, she was begging for my forgiveness for no reason. But I had no strength to interfere in anybody else's business. That's true. Before even beginning to criticize or forgive anybody, I was being attacked by the urge to eat something and, above all, to have a good sleep. At a loss and not knowing what to say as an elder in such a situation, I simply wavered, and then burst out with, "Mommy, Mommy!"

If I wailed like a simpleton, calling you for no reason, Mother, I guess someone as worthless as me should become the butt of jokes even in the other world. Ok, I understand. At that moment, as if Buni pretty much understood my feelings, she flashed a smile and quietly led me to the room next to her living room. It was warm. I obeyed her absentmindedly while inhaling the fragrance of milk, butter, chocolate, and gum. That's how I came to be engaged in the so-called Yankee goods trade under Buni's direction.

Mother.

"You rascal! After you hadn't scolded that bitch on the spot, what nonsense are you shamelessly bab-

자랑스럽게 털어놓는 것이 아니겠습니까. 순간 저는 하늘이 까맣게 내려앉는 느낌이었습니다. 가슴이 콱 막히면서 누구한테 고문이라도 실컷 당하고 나야만 속이 풀릴 것 같은 심정이었지요. 그리하여 한참이나 저는 말을 못하고 넋 빠진 사람처럼 그저 그렇게 멍하니 서 있으려니까, 갑자기 분인 저의 앙상한 가슴에 얼굴을 파묻고는 흑흑 느껴 울더군요. 그리고 밑도 끝도 없이 오빠의 용서를 바란다고 조르는 것이었습니다. 하지만 저는 남의 일에 관여할 만한 기력이 없었거든요. 정말입니다. 한 인간을 책망하거나 용서하는 일에 착수하기 전에 우선 뭘 좀 먹고 한 잠 푹 자고 싶은 욕망만이 저를 위협하고 있었으니까요. 아, 난처한 저는 끝내 윗사람으로서도 이런 경우 도대체 무슨 말을 해야만 좋을지를 몰라서 망설이기만 하다가,

'엄마 엄마.'

턱없이 당신을 부르며 병신처럼 목놓아 울었다면 어머니, 저와 같이 지질한 인간은 저승에 가서도 필경 놀림거리가 되겠지요. 알겠습니다. 순간 분이는 오빠의 그러한 심경을 대충 짐작하겠다는 듯이 한번 빙긋 웃고는 조용히 자기의 거실 바로 옆방으로 저를 안내하여 주더군요. 따뜻했습니다. 우유와 버터와 초콜릿과 껌 등이 자아내는

bling about?" Is that what you just said? Please don't be too excited. Even if it had been you, there wouldn't have been anything you could have done. I know this sounds very impertinent, but isn't it true that you yourself might have been eager to offer your body to foreigners if you were alive today? Ah, Mother, please calm down. What? Are you saying that the muzzle of a bastard like me who's insulting his mother should be torn apart on the spot? I agree. But, no matter how ill mannered I'm, do you think that I, a descendant of Hong Gil-dong, the embodiment of righteousness, meant to insult you at all? Please forgive me. What I just meant to say is that even Oki and Suki, whose demeanors and beauty you were so busy praising when you were alive, calling both of them fit to be the eldest daughter-in-law of a wealthy family, are losing color from their faces like invalids because they haven't found an opportunity to have their names entered in the family register of a foreigner. Are you saying that's really mind-boggling? Of course! Besides, this doesn't apply to women only. It's true of guys as well. Wouldn't you get what's going on, when I tell you that a friend of mine who graduated from two colleges begs me to help him find a way to go to

향기 속에서 저는 목석처럼 순종했었지요. 그리하여 저는 분이가 지시하는 대로 지금껏 세칭 소위 그 양키 물건 장사에 종사해 온 것이 아니겠습니까.

어머니.

너 이놈, 그년을 그저 당장에 박살을 내지 못한 놈이 무슨 염치로 잔소리가 그리 심하냐구요. 너무 흥분하지 마십시오. 당신 같아도 아마 속수무책이었을 겁니다. 불효막심한 말씀이긴 합니다만 만약에 당신이 지금 살아 계시다면 당신마저 솔선 이방인들에게 몸을 바치지 못하여 안달하는 사태가 벌어질지도 모르지 않습니까. 아 어머니, 진정하여 주십시오. 뭐라구요. 에미를 모욕하는 너와 같은 종자는 그저 당장에 주둥아릴 찢어 놓아야 한다구요. 매우 지당하신 말씀이십니다. 하지만 제가 아무리 막된 놈이기는 할 망정 그래도 의로움의 화신인 홍길동의 자손인데 추호라도 원 당신의 인격을 모욕할 의사야 있었겠습니까. 용서하여 주십시오. 제 말씀은 말입니다. 생전에 당신이 그렇게도 부잣집 맏며느리감이라고, 그 품행이며 미모를 입이 닳도록 칭찬하여 주시던 옥이도 숙이도 그들은 지금 이방인들의 호적에 파고들어 갈 기회를 찾지 못하여 거의 병객처럼 얼굴에 화색을 잃어 가고 있다는 사실을

America with a servile smile on his face whenever he sees me, perhaps thinking that I belong to some sort of privileged class just because I have a Yankee brother-in-law? Whenever I run into this kind of absurd situation, I often unconsciously make a fist because of a somewhat pleasant and indescribable anger and give a uselessly impassioned speech even though there's no audience in front of me. You might be scowling at me.

"You, members of an unbearably rotten parliament and government! Look around at these starving eyes that try to latch onto someone like me as their sponsor! How on earth could you work hard only to seize hegemony, wallowing in debauchery day and night? Come out! From your restaurants, hotels, and official residences! Wouldn't you like to appear in front of the people, lying on your stomach on the asphalt, and put on a resplendent demonstration for the world? Wouldn't you like to throw up blood and fall on your face after screaming to the world that those who truly want to help the Korean race survive should do so unconditionally and those who don't should shove their heads into hell on the spot? Answer me! Answer me!"

After randomly blubbering like that and sweating

말씀드리고 싶었을 뿐입니다. 그것 참 기절초풍할 노릇이라구요. 물론 그러시겠지요. 그러나 어디 여인들뿐인가요, 사나이도 마찬가지인 것입니다. 대학을 둘씩이나 나왔다는 어떤 친구도, 양키를 매부로 삼은 저를 다 무슨 특혜족으로 인정하는지 저를 볼 때마다 사뭇 비굴한 웃음을 지으며 미국으로 통하는 길 좀 열어달라고 호소하는 형편이니 뭐 다 알 노릇이 아닙니까. 이러한 주변의 어이없는 분위기와 접촉할 때마다 저는 무엇인가 통쾌한 그러면서도 형언할 수 없는 울분으로 하여 절로 주먹이 쥐어지면서 청중도 없는데 공연히 열변을 토하는 수가 있다면 당신은 눈살을 찌푸리시겠지요.

"이 견딜 수 없이 썩어빠진 국회여 정부여, 나 같은 것을 다 빽으로 알고 붙잡고 늘어지려는 주변의 이 허기진 눈깔들을 보아라. 너희들은 도대체 뭘 믿고 밤낮없이 주지육림 속에서 헤게모니 쟁탈전에만 부심하고 있는가. 나오라, 요정에서 호텔에서 관사에서, 그리고 민중들의 선두에 서서 몸소 아스팔트에 배때기를 깔고 전 세계를 향하여 일대 찬란한 데몬스트레이션을 전개할 용의는 없는가. 진정으로 한민족을 살리기 위해서 원조를 해줄 놈들은 끽소리 없이 원조를 해주고 그렇지 않은 놈들은 당장

all over, I couldn't raise my head, suddenly embarrassed and ashamed. 'I wonder if somebody overheard me? My, that would be a disaster. If someone really heard me, wouldn't he point his finger and call me a crazy man?' Then, suddenly, I had goose bumps everywhere. So making up my mind that I mustn't go crazy like you no matter what, I tried very hard to control myself and kept my mouth shut many times each day. In other words, as Buni's brother, I had to worry about her health before criticizing her behavior. What? Nonsense? No matter how nonsensical this may sound, shouldn't you finish listening to it?

Mother.

Truly, it was always painful for me to witness the worrisome state Master Sergeant Speed drove Buni into every evening. It was perplexing. How could it be? I couldn't understand it at all using common sense. What am I talking about? Truly unbelievably, Master Sergeant Speed was abusing Buni every night, criticizing the well-rounded lower half of her body by comparing it with that of his wife in his mother country and swearing and using unmentionably violent words. Why should such an attractive flower, that beautiful and smooth skin, those cute

지옥에다 대가리를 처박으라고 전 세계를 향하여 피를 토하며 꼬꾸라질 용의는 없는가. 말하라, 말하라."

온몸에 땀이 번지도록 된 소리 안 된 소릴 이렇게 마구 지껄이다 보면 저는 고만 문득 멋쩍고 부끄러운 생각에 고개를 바로 쳐들 수가 없는 것입니다. 혹시 옆에서 누가 엿들은 사람은 없을까. 원, 큰일 날 소리. 정말 그랬다면 문제없이 나를 향하여 미친놈이라고 손가락질을 했을 것은 뻔한 이치가 아닌가. 순간 저의 온몸엔 소름이 쭉 돋아나는 것입니다. 그리하여 저는 무슨 일이 있어도 당신처럼 그렇게 미쳐서는 안 된다는 생각에 하루에도 몇 번씩이나 마음을 가다듬으면서 입을 닥쳐야만 했던 것입니다. 다시 말하면 분이의 소행을 책하기 전에 먼저 오빠 된 사람으로서 분이의 건강을 염려해 주어야 했다는 말씀입니다. 뭐, 시끄럽다구요. 아무리 시끄러워도 들어주실 것은 다 들어주셔야 하지 않겠습니까.

어머니.

참말이지, 스피드 상사가 저녁마다 분이에게 가하는 그 우려할 만한 사태에 접하고 저는 항시 입맛이 썼던 것입니다. 당황했거든요. 원 그럴 수가 있을까. 저와 같은 인간의 상식을 가지고도 도저히 이해할 수 없었던 것입니

curves of her hips, that beautiful body of Buni's, which makes anyone who sees it ecstatic, suffer such a scene of cruel insult every night? I couldn't understand no matter how hard I tried. Moreover, I was simply dumbfounded since, on some days, he beat her up, abominably complaining about the size of her private parts, saying they are too narrow or wide, etc. Nevertheless, Buni simply endured Master Sergeant Speed's pummeling without a word of protest, simply crying and occasionally letting out an 'ouch, ouch.' Whenever I heard her soft voice crying, I had to cry with her like a fool, feeling the pain and sense of oppression coming from something crumbling into pieces. And I was restless under the weight of a big question. I was restless because I was wondering about the lower half of Mrs. Speed in his home country whom Master Sergeant Speed was always bragging about. What is her body, no, the structure and shape of her hole like? Is it narrow or wide? What is its color and where is it? Anyway, I felt I wouldn't go crazy only if I closely looked into it and answered my question.

Mother.

On one of those days when the impulse to solve

다. 뭐냐구요. 참 어이없게도 스피드 상사는 밤마다 분이의 그 풍만한 하반신을 이러니저러니 탓잡아가지고는, 본국에 있는 제 마누라 것은 그렇지가 않다면서, 차마 입에 담지도 못할 욕설과 폭언으로써 분일 못 견디게 학대하는 것이 아니겠습니까. 제가 보기엔 그렇게도 탐스러운 한 송이의 꽃이, 그 곱고 부드러운 피부며 아기자기한 둔부의 곡선이, 그리하여 보기만 해도 절로 황홀한 쾌감을 자아내는 분이의 그 아름다운 육체가 무엇 때문에 밤마다 그렇게도 잔인한 곤욕의 장을 겪어야만 하는가. 저의 재능으로는 도저히 알 수가 없었던 것입니다. 뿐더러 어떤 날은, 심지어 국부의 면적이 좁으니 넓으니 하며 가증스럽게도 분일 마구 구타하는 일조차 있다는 사실에 이르러서는 실로 아연할 뿐이었습니다. 그래도 용케 아무런 항변이 없이 스피드 상사의 그 스피디한 발길질을 견디며 간간 '아야, 아야' 하고 울기만 하는 분이의 그 가느다란 울음소리가 들려올 때마다 저는 무엇인가 무너져 내리는 아픔과 압박감을 느끼며 저도 분일 따라 병신처럼 울어야만 했던 것입니다. 그리고 하나의 크나큰 의문에 싸이어 안절부절못했었지요. 그것은 스피드 상사가 항시 본국에 있다고 자랑하는 미세스 스피드의 하반신에 관한 의문 때

that question of mine as soon as possible made me
so restless that my entire body was flushed—only a
few days ago—an unexpected stroke of luck came
to me, a chance that almost dumbfounded me.
Suddenly, the wife of this very Master Sergeant
Speed, a woman with a beautiful nickname, Jade,
appeared in front of me. It's true. At first I thought it
might be a dream, but it was real after all. Madame
Jade explained that she came to Korea, dropping
everything, just because she wanted to see her hus-
band, nay, to directly experience his meritorious
services and toil that she only heard rumors about.
Putting on a hat that looked like a crown and hold-
ing a splendid purse with a Stars and Stripes decora-
tion, Madame Jade had leg lines that were a superb
sight. I was immediately amazed. Not because of
Madame Jade's beauty, but because I was deeply
moved and grateful for God's thoughtful considera-
tion, which had so quickly given me an opportunity
to solve my problem. I didn't hesitate for a moment.
The next day, I led Madame Jade to the top of Mt.
Hyangmi after getting Master Sergeant Speed's per-
mission with the excuse that I would show her the
natural scenery of my country. I really didn't have
any other wicked plot or design other than finding

문이었습니다. 도대체 그 여인의 육체는, 아니 밑구멍의
구조며 그 형태는 어떨까, 좁을까 넓을까, 그리고 그 빛깔
이며 위치는, 좌우간 한번 속 시원하게 떠들어보고 의문
을 풀어야만 미치지 않을 것 같은 심정이었습니다.

어머니.

이렇듯이 절박한 의문을 하루속히 풀어 보고 싶은 충동
으로 하여 온몸이 다 벌겋게 달아올라 가지고는 전혀 일
이 손에 잡히지 않던 어느 날, 그러니까 며칠 전이었지요.
저에게는 마음의 혼란을 일으킬 만치 뜻하지 아니한 행운
의 찬스가 찾아온 것입니다. 돌연 제 앞에 그 문제의 주인
공인 스피드 상사의 부인이, 비취란 이름의 아름다운 애
칭을 가진 여인이 출현해 준 것이었거든요. 정말입니다.
저도 처음엔 혹시 이게 꿈이 아닌가 의심했지만 결국
정말이었습니다. 오로지 남편을 보고 싶은 일념으로, 아
니 풍문으로만 듣던 그의 전공(戰功)과 노고를 좀 더 가까
이에서 실감해 보고픈 욕심으로 비취 여사는 만사 제폐하
고 코리아를 찾아왔다는 설명이었습니다. 왕관 비슷한 모
자를 쓰고 성조기 무늬의 화려한 백을 든 비취 여사의 그
쭉 뻗은 각선은 실로 절경이더군요. 순간 저는 탄복했습
니다. 비취 여사의 미모 때문이 아니라, 이렇게도 쉽사리

an answer to my question by observing the lower half of her body just once. Mother, please believe me. So I politely told her that I had to ask her a favor in the name of the Republic of Korea with its brilliant five-thousand-year history before I showed her my country's scenery. Then she smiled and asked me what that favor would be. I told her frankly as if making a confession.

"I'm sorry, but you have to briefly take off your clothes."

"What?"

Immediately her eyes flew open. But I calmly explained Buni's nightly plight that she had been suffering from because of the lower part of her body, after which I clarified my position as her brother who, in order to protect the health of my only sister, wanted to urge her to correct her physical defects by letting her know what they were. I was explaining that to do so I had to confirm the secret structure of the lady's private parts, when the lady frowned strangely, trembling all over, and then cried,

"God damn it!"

At the same time as she cried something like this, she slapped me across my face like a bolt of light-

의문을 풀 수 있는 기회를 제공하여 주신 신의 그 깊은 배려가 가슴이 아리도록 고마운 탓이었습니다. 저는 잠시도 주저할 필요가 없었지요. 다음날 저는 곧 제 조국의 산하를 소개하여 주겠다는 명목으로 스피드 상사의 양해하에 비취 여사를 이 향미산의 정상으로 유인한 것이 아니겠습니까. 그때 저는 정말 그녀의 하반신을 한 번 관찰함으로써 저의 의문을 풀고 싶었을 뿐, 그 외의 다른 아무런 흉계도 흑막도 없었거든요. 어머니, 믿어주십시오. 그리하여 저는 비취 여사를 향하여 사뭇 공손한 태도로, 제 조국의 산하를 설명하기 전에, 먼저 반만년의 역사에 빛나는 대한민국의 이름으로 여사에게 한 가지 청이 있다고 정중하게 말했던 것입니다. 그러자 여사는 그 청이란 게 대관절 뭐냐면서 방긋 웃어 보이더군요. 저는 솔직하게 고백하듯 말했던 것입니다.

"미안하지만 옷을 좀 잠깐 벗어 주셔야 하겠습니다."

"뭐라구요?"

여사는 금시로 눈이 휘둥그레지더군요. 하지만 저는 시종 침착한 어조로, 여사의 하반신 때문에 밤마다 곤욕을 당하는 분이의 딱한 형편을 밝히고, 탓으로 단 하나인 누이동생의 건강을 보살피자면 부득불 나는 여사가 지닌 국

ning. I felt dizzy. I was overwhelmed by the fear that I was about to lose this lucky chance with which God had so thoughtfully blessed me. The very next second, I threw myself over the lady's belly, abruptly pressing down on her neck in the confusion of the moment. Then, I swiftly tore off her clothes and pushed my hand in. Ah, how smooth, and how very light! I was moved. At that instant both the sky and the earth seemed to tremble a little, intoxicated by the translucent brightness of her skin. The lady continued to cry and writhe until she noticed my fiercely blazing pupils. Then she seemed to make up her mind and immediately became obedient after pleading with me not to kill her, please. I was grateful. Why, was I a butcher? Instead of an answer, I responded with a dignified and gentle smile. Then I buried my face in the breasts of the lady from which all kinds of fragrances from butter, jam, and chocolate were rising and remained intoxicated for a while, almost losing consciousness.

"Wonderful!"

Wiping the sweat off my forehead and saying just one word like that, as if declaring a great conclusion, I came down from the body of the lady, feel-

부의 비밀스러운 구조를 확인함으로써 그 됨됨이를 분이에게 알려주어, 분이가 자신의 육체적인 결함이 어디에 있는가를 자각케 하여 그 시정을 촉구하는 방향으로 나가야 하지 않겠느냐는 오빠로서의 입장을 확실히 하자, 순간 여사는 표정을 이상하게 구기면서 몸을 부르르 떨더니,

"갓뎀!"

비명 비슷한 소리와 함께 번개같이 저의 한쪽 뺨을 후려치는 것이 아니겠습니까. 아찔하더군요. 일껏 신이 저를 생각하여 점지하여 주신 행운의 찬스를 바야흐로 놓치는 것만 같은 두려움이 엄습한 탓이었습니다. 순간 저는 그만 엉겁결에 왈칵 여사의 목을 누르면서 성큼 배 위로 덮쳤거든요. 그리고 민첩하게 옷을 찢고 손을 쓱 디밀었지 뭡니까. 아 미끄러운, 그리고 너무나 흰 살결이여. 저는 감격했습니다. 순간 하늘도 땅도 영롱한 빛깔에 취하여 조금씩 흔들리는 것 같더군요. 여사는 연신 악을 쓰며 몸을 비틀다가 활활 타는 저의 동자를 대하곤 뜻한 바가 있던지 제발 죽이지만은 말아달라고 애원하듯 하고는 이내 순종하는 자세를 취해 주더군요. 고마웠습니다. 내가 왜 백정(白丁)이간. 저는 점잖게 부드러운 미소로써 대답을 대신해 주었습니다. 그리고 버터와 잼과 초콜릿 등이

ing as if I owned the entire world. I felt quite excited and moved because I felt confident that I could now give a piece of advice to Buni, although I couldn't remember whether her private parts were large or small. Right then, Madame Jade suddenly got up and frantically ran down the mountain, crying sharply,

"Help me! Help me!"

Why was she acting that? Running away with her disheveled hair and torn clothes, from behind she looked exactly like you did on that day long ago when you came back crazy.

At that very moment, I don't know why, I was suddenly overcome with fear, while at the same time feeling relieved. I was worried that Madame Jade might go crazy like you. But that was just a momentary worry. I couldn't cope with my trembling heart. I was so moved. It felt as if I had held America, that so-called paradise on earth, in my arms. The moment I was about to calm down after breathing in deeply and looking up at the sky— that's right, right then!—a series of gunshots suddenly echoed in the mountains and streams around me. Bang, bang, bang! They were aimed at me.

Mother.

풍기는 그 갖가지 방향(芳香)이 몽실몽실 피어오르는 여사의 유방에 얼굴을 묻고 한참이나 의식이 흐려지도록 취해 있었거든요.

"원더풀!"

얼마 만에야 무슨 위대한 결론이라도 내리듯 이마의 땀을 씻으며 겨우 한마디 하고 여사의 몸에서 내려온 저는 세상이 온통 제 것 같아서 견딜 수가 없더군요. 치부의 면적이 좁았는지 넓었는지에 관해서는 별반 기억에 없었지만 좌우간 이제 분이를 향하여 자신하고 한마디 뭔가 어드바이스를 해줄 수 있을 것 같은 감격으로 사뭇 들뜬 기분이었습니다. 바로 그때였지요. 비취 여사는 갑자기 몸을 벌떡 일으키더니,

"헬프 미! 헬프 미!"

위태로운 비명과 함께 정신없이 산을 뛰어내려가더군요. 왜 저럴까. 헝클어진 머리며 찢어진 옷. 달아나는 여사의 뒷모습은 분명히 언젠가 당신이 발광하여 돌아오시던 날의 바로 그 모습이었습니다.

순간, 저는 왜 그런지 가슴이 후련해지면서 왈칵 겁이 나더군요. 비취 여사도 혹시 당신처럼 미치면 어쩌나 하는 걱정 때문이었습니다. 하지만 그러한 걱정도 잠시뿐,

Really, I didn't even have the chance to present my side of the story. After I wandered for three days among the rocks, barely surviving, finally, today, Pentagon authorities judged me as filth thrown up by the devil, the worst enemy of humanity and directed the eyes of the world to Mt. Hyangmi. This is really too bad. How desperate would I have been if I had to appeal to you in the other world? After much thought, I considered visiting Mr. Gong, the member of the parliament from my district, and asking him to speak on my behalf after I confessed the right and wrong of my actions. But according to rumor, Mr. Gong has already visited Master Sergeant Speed's superior, vowing more than ten times and repeatedly emphasizing that it was his shame and a serious threat to the honor of America that such a grotesque evil bastard existed among his voters under the name of a human being. He then repeatedly promised that as soon as he attended the parliament, he would call the judicial authorities to account for not having preemptively uncovered and dealt with such filth as me that defiled the honor of a free people. As this is the situation, Mother, I have no idea in whose arms I will die as a human being. What? Are you asking me what I'm talking about

이른바 인간의 천국이라는 미국을 한아름에 안아본 성싶은 그 벅찬 감동으로 하여 저는 흔들리는 마음을 주체할 수가 없었습니다. 우선 하늘을 향하여 심호흡을 한번 크게 하고 마음을 가다듬으려는 찰나, 그렇지요, 바로 그 찰나였지요. 탕 탕 탕. 난데없는 총성이 저를 목표로 하여 주변의 산하를 요란스럽게 울리기 시작하는 것이 아니겠습니까.

어머니.

저는 정말 저의 입장을 해명할 잠시의 여유도 없습니다. 바위와 바위 사이를 방황하며 목숨을 이은 지 연 사흘, 오늘 드디어 펜타곤 당국은 저를 악마가 토해낸 오물이며 동시에 인간 최대의 적으로 판정하고 전 세계의 이목을 이 향미산으로 집중시킨 것이 아니겠습니까. 정말 딱했습니다. 오죽 답답하면 제가 죽은 당신을 붙잡고 하소연을 하게 되었겠습니까. 저는 생각다 못하여 유권자의 한 사람으로서 저의 출신구 민의원인 공(空) 모(某) 의원을 찾아가 저의 잘잘못을 솔직하게 고백하고 저의 입장을 좀 대변하여 줄 것을 간곡히 부탁하고 싶었지만, 그러나 들리는 바에 의하면 공 모 의원은 벌써 스피드 상사의 상관을 찾아가 열 몇 번이나 절을 하고 내 출신구의 유권자 중

when there's only one minute left? Who cares if there's one minute or one second left? What's the big deal?

A person who has a very deep grudge like me doesn't die just because someone kills him. He dies when he wants to die. Please don't bother about me, and enjoy the fresh sky of our country that lucidly flows like crystal between branches of pine.

How gratifying and beautiful! I'm now happy if only because I finally had an opportunity to stretch my body, leisurely looking up at the sky and seeing your loving face instead of your genitals.

Mother.

Of course, in a minute, as soon as the inspection of the machinery is completed, as Pentagon authorities have declared to the world, this Mt. Hyangmi will become a mass of flames and its fragments will scatter like petals with a loud explosion. Maybe another nice high-rise will be built on the site afterwards to serve the overflowing appetites and sexual desires of foreigners. I'm not worried, however. This is the last moment. Now is the time to show them my true ability. I mean to rock their spirits back on their heels by delightfully reviving the enormous miracle carried out by Hong Gil-dong, my ancestor,

에 그렇듯이 해괴한 악의 종자가 인간의 탈을 쓰고 존재
했었다는 사실은 본인의 치욕이며 동시에 미국의 명예에
대한 중대한 위협임을 누누이 강조하고 나서, 내 의정 단
상에 나가는 대로 자유민의 체통을 더럽힌 그따위 오물을
사전에 적발하여 처단하지 못한 사직당국의 무능과 그 책
임을 신랄하게 추궁할 것임을 거듭 약속하고 나오시더라
니, 어머니 저는 정말 누구의 품에 안겨야만 인간이란 소
리를 한번 들어보고 죽을지 캄캄하기만 합니다. 뭐라구
요. 이제 뭐 일 분이 남았는데 무슨 소릴 하고 있느냐구
요. 아 그까짓 일 분이면 어떻고 일 초면 어떻습니까.

이렇게 질기고 질긴 한(恨)으로 사무친 저와 같은 인종
은 누가 죽인다고 해서 죽는 것이 아니랍니다. 그저 죽고
싶을 때 죽는 거지요. 그보다도 지금 저 소나무 가지 사이
사이로 수정처럼 말갛게 흐르는 제 조국의 청신한 하늘이
나 좀 감상하여 보십시오.

얼마나 흐뭇하고 아름다운가를. 참으로 오래간만에 사
지를 쭉 뻗고 이렇듯이 한가한 마음으로 하늘을 쳐다볼
수 있는 기회를 얻어 그 하늘을 통하여 처음으로 당신의
음부가 아닌 당신의 자애로운 모습을 대하게 되었다는 사
실만으로도 저는 지금 흡족합니다.

for those who have heard only about the miracle of Jesus. Of course, they will be embarrassed. Mother, please applaud me then.

Only ten seconds to go. Right. Now I'll make a splendid new flag by tearing up my Taegeuk-patterned undershirt. Then I'll get on a cloud and cross the ocean. I'm planning to carefully stick this rapturous flag into the lustrous navels of women with milky skin, women lying down on that great continent, women that I appreciate. Believe me, Mother. I'm not lying. You still cannot believe me, trembling. What a pity! Look, now! Please look at these bulging eyes of mine! Well, do I look like I'll die that easily? Ha-ha-ha!

1) Hong Gil-dong is a Robin Hood-like character in an old Korean novel, *Tale of Hong Gil-dong*, written by Heo Gyun in the late 16th or early 17th century.
2) Dangun is the legendary founding father of the Korean nation.
3) Mt. Hyangmi. Hyangmi means "looking towards America." It is also a homonym for "flavor and taste."
4) "The white-clad race" is a nickname for the Korean people. Persistence, endurance, and perseverance have often been considered their characteristics.
5) "*Pyeong*" is a unit of area. A *pyeong* is around 3.954 square yards.

Translated by Jeon Seung-hee

어머니.

물론 이제 곧 펜타곤 당국이 만천하에 천명한 대로 기계의 점검이 끝나는, 앞으로 일 분 후면 요란한 폭음과 함께 이 향미산은 온통 불덩어리가 되어 꽃잎처럼 흩어질 테지요. 그리고 흩어진 자리엔 이방인들의 그 넘치는 성욕과 식욕을 시중들기 위하여 또 하나의 고층빌딩이 아담하게 세워질지도 모릅니다. 그러나 저는 조금도 염려하지 않습니다. 최후니깐요. 이제 저의 실력을 보여줘야지요. 예수의 기적만 귀에 익힌 저들에게 제 선조인 홍길동이 베푼 그 엄청난 기적을 통쾌하게 재연함으로써 저들의 심령을 한번 뿌리채 흔들어 놓을 생각이니깐요. 물론 저들은 당황할 것입니다. 어머니, 그때 열렬한 박수를 보내주십시오.

앞으로 단 십 초. 그렇군요. 이제 곧 저는 태극의 무늬로 아롱진 이 러닝셔츠를 찢어 한 폭의 찬란한 새 깃발을 만들 것입니다. 그리고 구름을 잡아타고 바다를 건너야지요. 그리하여 제가 맛본 그 위대한 대륙에 누워 있는 우윳빛 피부의 그 윤이 자르르 흐르는 여인들의 배꼽 위에 제가 만든 이 한 폭의 황홀한 깃발을 성심껏 꽂아 놓을 결심인 것입니다. 믿어주십시오. 어머니, 거짓말이 아닙니다.

아, 그래도 당신은 저를 못 믿으시고 몸을 떠시는군요. 참 딱도 하십니다. 자, 보십시오. 저의 이 툭 솟아나온 눈깔을 말입니다. 글쎄 이 자식이 그렇게 용이하게 죽을 것 같습니까, 하하하.

『남정현 대표소설선집』, 실천문학사, 2004(1965)

# 해설

## Afterword

# 분지(糞地)에서 바라본 하늘

이경재(문학평론가)

 

 

남정현의 「분지」(《현대문학》, 1965.3.)는 해방 이후 최초로 작가를 법정에 세운 역사적인 작품이다. '「분지」 필화 사건'으로 불리는 이 사건은 1965년 3월호 《현대문학》에 발표된 이 작품이 저자도 모르는 사이에 2개월이 지난 5월 8일 북한 조선노동당 기관지 《조국통일》에 전재됨으로써 시작되었다. 결국 작가는 반공법에 의해 구속되는 불행을 겪었는데, 이러한 사태는 당대 사회의 이데올로기적 억압과 「분지」가 지니고 있는 정치적 성격을 잘 보여준다. 「분지」는 당시로서는 상상하기도 힘든 선명한 반미의식을 담고 있었던 것이다.

남정현은 한국문학의 풍자적 알레고리 기법을 대표하

# A View of the Sky from the Land of Excrement

Lee Gyeong-jae (literary critic)

Nam Jung-hyun's "Land of Excrement" (*Hyundae Munhak*, March 1965) was the first literary work after Korea's liberation from Japan that caused its author to be tried in court. This incident began when "Land of Excrement" was reprinted, without the author's permission, in *Reunification of the Fatherland*, an organ of the Korean Worker's Party in North Korea on May 8th, 1965, two months after its publication in *Hyundae Munhak*. Nam was arrested, indicted, and sentenced to a prison term. The event illustrates the ideological oppression of that era as well as the political nature of "Land of Excrement." This short story expressed a very clear

는 작가로서, 「분지」에는 작가의 고유한 기법적 특성이 잘 드러나 있다. 이 작품은 미군의 아내를 강간하고 향미산에 포위되어 이제 곧 미사일의 포격을 받게 될 주인공 홍만수가 죽은 어머니를 향한 독백 형식으로 되어 있다. 해방을 맞이하자 홍만수의 가족은 독립투사였던 아버지가 돌아올 것을 기대한다. 그러나 아버지는 돌아오지 않고 미군 환영대회에 나갔던 어머니는 미군에게 강간당한 채 미쳐 죽는다. 홍만수가 군복무를 마치고 돌아오자 여동생 분이는 미군 스피드 상사의 첩이 되어 밤마다 갖은 학대를 당한다. 스피드 상사의 본처가 한국에 오자 홍만수는 그녀를 향미산으로 유인하여 그녀에게 국부를 보여줄 것을 요구한다. 이 일로 홍만수는 미국으로부터 생명의 위협을 받게 된다. 홍만수의 광기 어린 범죄 행위 이면에는 해방 이후의 한국 사회가 미국의 강력한 영향력 아래에서 신음하는 곳이라는 작가의 정치적 의식이 깔려 있다.

이 작품은 알레고리적 기호로 촘촘히 구성되어 있다. 주인공 홍만수가 홍길동의 제10대손이라는 것부터가 그러하다. 허균의 한글소설 『홍길동전』에 등장하는 홍길동은 당연히 가상의 인물이다. 따라서 홍길동의 10대손이라는 것은 작가의 저항의식을 표현하기 위한 인위적 기호라

anti-American position, almost unimaginable at the time.

Nam Jung-hyun is a writer well known in Korean literature for his use of satirical allegory. "Land of Excrement" is a good example of this technical characteristic. This short story is written as Hong Mansu's monologue, on the brink of his death, for his deceased mother. Mansu is hiding on Mt. Hyangmi, surrounded by the American military, after raping the wife of an American G.I., and is about to be killed by powerful American missiles. Before this event, Hong's family anticipated that his father, an independence fighter, would return after the liberation of the country from Japan. But his father never returns, and an American soldier rapes his mother at a welcome rally for American troops. Mansu's mother goes crazy and dies soon after. After returning from his military service, Mansu discovers that his sister Buni has become a concubine for, and is abused by, the American master sergeant Speed. When Sgt. Speed's American wife visits Korea, Mansu entices her to Mt. Hyangmi and asks her to show him her genitals. As a result, Mansu, chased by Americans, is about to die. Behind Mansu's crazy crime lies the author's political argu-

고 할 수 있다. 만수(萬壽)라는 이름 역시 영원히 지속될 민족의 저항과 생명력을 드러내는 기호이다. 홍만수가 숨어 있는 산의 이름은 '미국을 향해 있다'는 의미의 향미산(向美山)이다. 이러한 향미산은 미국을 맹목적으로 숭배하는 당대의 한국 사회에 대한 알레고리라고 볼 수 있다. 이러한 알레고리는 궁극적으로 해방 이후 지속된 한국 사회의 식민지성에 대한 풍자와 직결된다.

남정현의 문학은 남한 문학이 가닿은 가장 열렬한 비판정신의 결과라고 할 수 있다. 남정현이 즐겨 사용하는 풍자란 본래 확고한 세계관을 바탕으로 했을 때만 성립 가능한 문학적 기법이다. 작가는 「분지」의 풍자적 효과를 위해 과장과 요설을 적당하게 활용하고 있다. 광기 어린 극단적 행위는 일종의 그로테스크한 상황으로까지 이어진다. 미군에게 강간을 당한 어머니는 자신의 '밑구멍'을 똑똑히 보라며 아들인 홍만수의 얼굴을 갖다 댄다. 미국은 홍만수가 미군의 부인을 욕보였다는 이유로 홍만수는 물론 그가 며칠간 머물렀던 향미산 전체를 완전히 폭파시키겠다고 위협한다. 홍만수의 요설 역시 풍자적 효과와 밀접하게 연결되어 있다. 이 작품은 진지한 상황을 우습게 표현하거나 우스운 상황을 진지하게 표현하는 아이러

ment that Korea is oppressed by the overwhelming American presence after its liberation from Japan.

The story is full of allegorical signs. Mansu, the main character, is a tenth-generation descendant of Hong Gil-dong. Hong Gil-dong is a fictional character, the righteous bandit in the *Biography of Hong Gil-dong*, a novel written by Heo Gyun in the late sixteenth and early seventeenth centuries. That Hong Mansu is a tenth-generation descendant of Hong Gil-dong is a sign that expresses the author's opposition to mainstream society. The name Mansu, which means long life, also symbolizes the eternal nature of Korean national resistance and vitality. The name Hyangmi in Mt. Hyangmi means "toward America." Therefore Mt. Hyangmi is an allegory for Korean society where people blindly worship America and everything American. These allegories fundamentally satirize the coloniality of Korean society that continues even after Korea's liberation from Japan.

Nam Jung-hyun's literature is the product of the most passionately critical spirit of South Korean literature. Satire, Nam's favorite technique, is possible only when the author's worldview is definite. Nam uses exaggeration and loquacity to create satirical

니한 장면을 곳곳에서 보여준다. 진지한 용어를 써 가며 스피드 부인에게 성기를 보여 달라고 매달리는 부분이 대표적이다. 또한 비속어와 전문어처럼 이질적이고 모순적인 것을 결합하여 남정현은 비판의 대상을 향한 웃음의 칼날을 더욱 예리하게 만든다.

말할 것도 없이 이 작품의 날카로운 칼날은 미국을 향하고 있다. 그러나 좀 더 깊이 있게 작품을 관찰하면 그 칼날은 현대(성) 그 자체를 향하고 있다고도 말할 수 있다. 어머니가 묻힌 곳에는 현대를 상징하는 은행, 호텔, 외인 상사의 빌딩이 높이 솟아 있다. 이러한 빌딩은 미국과 그에 빌붙은 소수 세력을 위한 공간일 뿐 일반 백성과는 완전히 무관하다. 홍만수의 동생 분이를 날마다 능욕하는 미군 상사의 이름이 '스피드'라는 것 역시 이 작품에서 홍만수가 풍자하고자 하는 대상이 미국으로 상징되는 현대 문명 일반임을 암시한다.

「분지」에서는 젠더적 비유가 효과적으로 활용되고 있다. 이 작품은 기본적으로 한국의 상황을 아버지(남성)의 부재와 어머니(여성)의 능욕이라는 비유로 드러낸다. 이러한 젠더적 비유는 미군과 동거하는 여동생 분이가 모욕당하는 현재 모습을 통해 더욱 강력한 정치성을 획득한다.

effects in "Land of Excrement." Extreme, crazy actions also create grotesque situations. Mansu's mother pushes his face into her groin, asking him to clearly see her genitals after she was raped by an American soldier. America threatens to explode the entire bulk of Mt. Hyangmi, which has been sustaining Hong Mansu's life for a few days, not just Hong Mansu himself, because he raped an American soldier's wife. Hong Mansu's loquacity is also closely related to satirical effects in the story. There are many scenes in which a serious situation is described ridiculously and vice versa. A good example is the scene in which Mansu asks Mrs. Speed, in a serious way, to show her genitals. Nam Jung-hyun also creates sharper criticism of his targets by combining slang with professional terms.

Needless to say, this story is a severe criticism of America. Also, on a deeper level, it is a criticism of modernity. Buildings that house banks, hotels, and foreign companies—symbols of modernity—tower high over the place where the grave of Mansu's mother used to be. These buildings are spaces for Americans and their Korean cronies, completely unrelated to ordinary Korean people. "Speed," the name of the American master sergeant who abuses

제국은 힘센 남성성을 지닌 존재이며, 제국에 의해 유린당하는 한국은 고통받는 여성으로 형상화되고 있는 것이다. 「분지」의 마지막은 홍만수가 태극무늬로 아롱진 러닝셔츠를 찢어 한 폭의 깃발을 만든 후에, 그 깃발을 미국 여인들의 배꼽 위에 꼽겠다는 결의로 끝난다. 이 결의는 해방 이후 한국 사회가 받은 고통을 미국에 되돌려주겠다는 각오에 다름 아니다. 이러한 직접성을 낳은 시대의 분노와 고통에는 마땅히 관심을 기울여야 할 일이지만, 동시에 이러한 날 선 직접성 속에 번뜩이는 적대적 이분법과 폭력성에 대해서도 성찰해 보아야 할 시점이다.

Buni every night, also indicates that this story satirizes modern civilization, symbolized by America.

"Land of Excrement" effectively adopts a gender metaphor. Korea is in the situation where the father (man) is absent and the mother (woman) is being raped. This gender metaphor is extended to the children's generation—in which Buni (woman) is abused by an American soldier (man)—and takes on a political cast. The empire possesses powerful masculinity, and Korea, violated by this empire, is depicted as a suffering woman. "Land of Excrement" ends with Hong Mansu's resolution to make a splendid new flag by tearing up his Taegeuk-patterned undershirt and stick it into the navels of American women. This resolution expresses the main character's wish to return the pain that America has inflicted on Korea. I'd like to point out, though, that although the anger and pain behind this kind of sharp criticism deserve our attention, it is now time for us to self-critically reflect on the Manichean worldview, and its violent nature, that lies behind such criticism.

# 비평의 목소리

## Critical Acclaim

항상 날카로운 풍자와 우의적 수법을 쓰는 남정현은 사회 현실의 전체 상황에서 모순을 보는 데 예리한 시각을 가지고 있어 때로는 지나치게 냉소적인 자세를 드러내는 것처럼 보이기도 한다. 그러나 능란하게 다듬어진 경쾌한 문장을 따라 그의 집요한 풍자를 읽어가다 보면 이것이야 말로 근본적으로 속 시원한 이야기라는 점과 역사 안에서 투철하게 진실을 추구하고 있음을 깨닫게 된다.

**구중서**

남정현 소설은 외세 문제를 집중적으로 파헤치고 있다.

Nam Jung-hyun always adopts sharp satire and allegory. His perspective on the contradictions of social reality is so pointed that he sometimes sounds too cynical. But, when we follow his persistent satire through his perfectly fashioned language, we realize that he is consistent in pursuing truth with radical honesty.

Gu Jung-seo

Nam Jung-hyun's stories deliberately focus on foreign influences in Korea. They examine the division of the country, which is the result of foreign aggressions, and criticize the dictatorial junta, agents of

그러면서 그 침략적 영향의 결과인 분단 문제를 다루고, 그 국내적 추종 세력인 독재 세력을 비판하는 것이다. 분단의 비운에 처한 민족의 상황을 빗대어 설정한 그의 소설 공간은 몹시 우울하고 답답하며, 외국 세력 및 독재 세력에 대한 그의 공격적 비판은 극히 대담하고 신랄하다. 그리고 그의 소설이 지니는 이러한 효과는 그 특유의 풍자적 수법에서 비롯된다. 또 풍자적 수법은 때때로 알레고리라는 문학적 장치 속에 놓여 있다.

류양선

1950년대에서 1960년대로 나아가는 시기에 이상(李箱) 문학을 어떤 형태로 재해석하면서 계승 또는 지양할 것인가 하는 문제는 매우 중요했다고 할 수 있다. 남정현 문학은 이러한 상황이 낳은, 또 이러한 상황에 적극적으로 대응한 문학사적 현상이었다. 그는 이상 문학 현상을 새로운 형태와 정신으로 계승 또는 지양하면서 1950년대 말에서 1960년대로 이어지는 시대를 특징짓는 강압과 구속, 구악과 신악의 공생, 광기에 가까운 반공 열풍, 대미 종속과 미국 지상주의, 서구 퇴폐문화의 수입과 범람, 시민정신의 위축 등의 현상에 대해 날카로운 비판의 메스를 가

foreign powers within the country. His stories, often allegories for the misfortune of national division, are quite gloomy and depressing. His criticism of foreign forces and dictatorial powers is bold and severe. He achieves this effect by adopting techniques of satire, a literary device for allegory.

Ryu Yang-seon

During the late 1950s and early 1960s, Korean literature had the very important task of reinterpreting Yi Sang's literature in order to succeed or sublate it. Nam Jung-hyun's literature is an active response to this task, and therefore part of this literary historical context. Embodying Yi Sang's literary spirit in a new form, Nam brought a sharp critical scalpel to the characteristics of the era between the late 1950s and early 1960s: oppression and repression, the symbiosis of the old and new evils, the mad frenzy of anti-communism, dependency on and worship of America, the import and spread of decadent Western culture, and the withering of a civic spirit. This is the significance of Nam's literature.

Bang Min-ho

"Land of Excrement" acquires its historical signifi-

했던 것이다. 남정현 문학에 할당되어야 할 문학사적 위치와 의미는 대략 이상과 같다.

방민호

「분지」의 독특한 문학사적 가치는 위기의 순간 앞에 선 만수가 여유만만한 능청스러운 어조로 토해 내는 비판적 사설보다도 오히려, 그의 행위를 극단적으로 몰아 온 유년과 청년의 기억들이 가진 무게, 성에 대한 노골적인 묘사가 주는 고통스런 충격과 해방의 느낌에서 비롯된다. 어머니를 사랑하면서도 잊고자 했던 음부의 기억 때문에 시달렸던 그는 결국 그 기억에서 헤어나지 못하고 누이에 대한 미군의 학대를 계기로 잠재되었던 분노를 행동화시킨다. 그러나 소설 표면에서 그의 행위는 궁금한 문제를 풀어보고야 말겠다는 지극한 합리성을 가장하고 있을 뿐 분노나 저항의 의미는 담담하고 능청스러운 어조 속에 숨겨 있다. 이 담담한 어조와 과장된 진술의 혼합, 능청스럽게 토해 내는 고통스러운 기억의 그로테스크한 묘사의 적나라함은 일찍이 우리 소설사가 갖지 못했던 풍자적 위력을 이 소설에 부여한다.

임진영

cance more because of Mansu's memories of his youth, which are the causes of his extreme actions, and his feeling of painful shock and release from the naked sexuality he had to confront as a young boy than because of the sharp criticism hidden underneath his sly and leisurely storytelling. Having suffered from the memory of his mother's genitals despite his love for her, he eventually ends up acting out his anger when he witnessed an American soldier's abuse of his sister. On the surface, he pretends to try to find a rational solution to his curiosity, hiding his anger and resistance behind his calm and unhurried language. Thanks to this combination of calmness and exaggeration as well as the languid description of painful memories of grotesque experiences, this story acquires an unprecedented level of satirical power in Korean literary history.

Im Jin-yeong

# 남정현

남정현은 1933년 12월 13일 충청남도 서산에서 부친 남세원과 모친 이낙연 사이에서 2남 2녀의 장남으로 출생하였다. 그는 어려서부터 잦은 병치레를 하였으며, 문학과 인연을 맺게 된 것도 결핵 치료를 받던 병상에서 접한 『몬테크리스토 백작』을 통해서이다. 1958년에는 신순남과 결혼하였고, 그해 단편 「경고구역」이 《자유문학》(1958.9.)에 추천되었다. 다음해에는 「굴뚝 밑의 유산」이 《자유문학》(1959.2.)에 2회 추천되어 공식 등단하였다. 1961년에는 「너는 뭐냐」로 제6회 동인문학상을 수상하였다. 이 작품을 통하여 남정현은 독설과 풍자를 바탕으로 외세와 그들의 편에 선 자들을 날카롭게 비판하는 작가로서의 입지를 확고히 다졌다. 1965년에 발표된 「분지」는 《현대문학》(1965.3.)에 발표된 뒤 2개월 후인 5월 8일 북한 조선노동당 기관지 《조국통일》에 전재됨으로써, 반공법에 의거 구속되는 시련을 겪기도 한다. 출감 이후 억압적인 시대 상황으로 고통받던 남정현은 「허허선생」 연작을 발표하면서 재기를 도모한다. 동시에 1971년에는 민주수호국민협의

# Nam Jung-hyun

Nam Jung-hyun was the first son—in a family of two sons and two daughters—born to father Nam Se-won and mother Lee Nak-yeon in Seosan, Chungnam, on December 13, 1933. He grew up as a sickly child. He began thinking of a literary career for himself when he read *The Count of Monte Cristo* while hospitalized for tuberculosis. He married Sin Sun-nam in 1958 and made his literary debut by publishing "Warning Zone" in the September issue of *Chayu Munhak* (Free Literature) the same year. The next year, he published "Legacy Under the Chimney" in the February issue of the same magazine. He won the sixth Dong-in Literary Award for "What Are You?" in 1961. This story established him as a sharp critic of foreign forces and their cronies within the country by way of sarcasm and satire. He was arrested for violating the Anti-communism Law after "Land of Excrement" was reprinted, without the author's permission, in *Reunification of the Fatherland*, an organ of the Korean Worker's Party in North Korea on May 8th, 1965, two months after

회(나중에 자유실천문인협의회, 민족문학작가회의로 발전한다)의 결성에 참여한다. 이러한 활동으로 1974년 4월 대통령 긴급조치 1호 위반 혐의로 또다시 구속된다. 이후에도 분단된 민족 현실에 대한 날카로운 비판을 담은 작품을 지속적으로 발표하였다. 1994년에는 민족문학작가회의 부위원장이 되었고, 2002년에는 한국민족예술인총연합이 주관하는 '제12회 민족예술상'을 수상하였다. 같은 해 『남정현문학전집』 3권이 국학자료원에서 출간되었고, 2004년에는 실천문학사에서 『남정현대표소설선집』이 출간되었다.

its original publication in *Hyundae Munhak*. After his release, Nam published a series of stories featuring Mr. Heo Heo. He also participated in the founding of the National Council for the Defense of Democracy (later, the Writers Council for the Practice of Freedom, and the Writers Council for National Literature) in 1971. He was again arrested for the violation of the Emergency Measures No. 1 in April 1974. He continued to publish works sharply critical of the country's division. He served as the vice president of the Writers Council for National Literature in 1994. He received the twelfth National Art Award, sponsored by the Korean National Artists Federation, in 2002. That same year, the Kookhak Resource Institute published a three-volume collection of Nam's stories, and Silcheon Munhak published *Selected Stories of Nam Jung-hyun* in 2004.

번역 전승희 Translated by Jeon Seung-hee

서울대학교와 하버드대학교에서 영문학과 비교문학으로 박사 학위를 받았으며, 현재 하버드대학교 한국학 연구소의 연구원으로 재직하며 아시아 문예 계간지 《ASIA》 편집위원으로 활동 중이다. 현대 한국문학 및 세계문학을 다룬 논문을 다수 발표했으며, 바흐친의 『장편소설과 민중언어』, 제인 오스틴의 『오만과 편견』 등을 공역했다. 1988년 한국여성연구소의 창립과 《여성과 사회》의 창간에 참여했고, 2002년부터 보스턴 지역 피학대 여성을 위한 단체인 '트랜지션하우스' 운영에 참여해 왔다. 2006년 하버드대학교 한국학 연구소에서 '한국 현대사와 기억'을 주제로 한 워크숍을 주관했다.

Jeon Seung-hee is a member of the Editorial Board of ASIA, is a Fellow at the Korea Institute, Harvard University. She received a Ph.D. in English Literature from Seoul National University and a Ph.D. in Comparative Literature from Harvard University. She has presented and published numerous papers on modern Korean and world literature. She is also a co-translator of Mikhail Bakhtin's *Novel and the People's Culture* and Jane Austen's *Pride and Prejudice*. She is a founding member of the Korean Women's Studies Institute and of the biannual Women's Studies' journal *Women and Society* (1988), and she has been working at 'Transition House', the first and oldest shelter for battered women in New England. She organized a workshop entitled "The Politics of Memory in Modern Korea" at the Korea Institute, Harvard University, in 2006. She also served as an advising committee member for the Asia-Africa Literature Festival in 2007 and for the POSCO Asian Literature Forum in 2008.


감수 K. E. 더핀 Edited by K. E. Duffin

시인, 화가, 판화가. 하버드 인문대학원 글쓰기 지도 강사를 역임하고, 현재 프리랜서 에디터, 글쓰기 컨설턴트로 활동하고 있다.

K. E. Duffin is a poet, painter and printmaker. She is currently working as a freelance editor and writing consultant as well. She was a writing tutor for the Graduate School of Arts and Sciences, Harvard University.

바이링궐 에디션 한국 현대 소설 028
분지

2013년 6월 10일 초판 1쇄 인쇄 | 2013년 6월 15일 초판 1쇄 발행

지은이 남정현 | 옮긴이 전승희 | 펴낸이 방재석
감수 K. E. 더핀 | 기획 정은경, 전성태, 이경재
편집 정수인, 이은혜, 이윤정 | 관리 박신영 | 디자인 이춘희

펴낸곳 아시아 | 출판등록 2006년 1월 31일 제319-2006-4호
주소 서울특별시 동작구 흑석동 100-16
전화 02.821.5055 | 팩스 02.821.5057 | 홈페이지 www.bookasia.org
ISBN 978-89-94006-73-4 (set) | 978-89-94006-86-4 (04810)
값은 뒤표지에 있습니다.

Bi-lingual Edition Modern Korean Literature 028
Land of Excrement

Written by Nam Jung-hyun | Translated by Jeon Seung-hee
Published by Asia Publishers | 100-16 Heukseok-dong, Dongjak-gu, Seoul, Korea
Homepage Address www.bookasia.org | Tel. (822).821.5055 | Fax. (822).821.5057
First published in Korea by Asia Publishers 2013
ISBN 978-89-94006-73-4 (set) | 978-89-94006-86-4 (04810)